癸卯杂诗五百首

林在勇 著

上海文艺出版社

作者近照

林在勇 文史学者、诗人、编剧，上海作家协会会员，中华诗词协会会员，中国戏剧文学学会理事。曾任华东师范大学副校长、上海音乐学院院长等职，现任上海师范大学党委书记。主要研究领域为汉语言文学、中国思想文化，诗词曲创作研究专业研究生导师。发表《心灵底片的曝光——试析莫言作品的瞬间印象方式》(1986)、《发展神话观初论》(1989)、《孔子对中国古代辩证法思想的贡献及其成因》(1991)等论文几十篇；出版《怪异：神乎其神的智慧》《玛雅的智慧——浪漫神奇的文化隐喻》《论语日讲》《张岱年学述》《见仁见智》等，主编《当代人文社科名家学述丛书》《中国文史百科·思想卷》等著作十余部。系原创音乐剧《梦临汤显祖》、歌剧《汤显祖》《贺绿汀》、歌舞剧《2020好儿女》总策划、作词，音乐剧《春上海1949》编剧、作词。

近年出版诗词曲合集：

《雅颂有风——近体古体诗三百零五首》

《比兴而赋——词牌创作三百零五例》

《韵成入乐——散曲、杂剧二百曲牌创作合辑、附京剧曲词》

《壬寅诗存四百首》

《谛观四季——壬寅百画诗册》

《楹联类纂——林在勇原创骈言1000副》

《声尘证道——林在勇歌词唱段150首》

《心上过天风——壬寅诗馀二百首》

《癸卯杂诗五百首》

《廿四节气诗词曲100首》。

目录

序 / 胡中行　　　　　　　　　1

序 / 李定广　　　　　　　　　9

序 / 孙立川　　　　　　　　　19

新年风兴辑四十首　　　　　　1

十日得心辑二百首（一）　　　45

十日得心辑二百首（二）　　　147

暮春偶感辑五十首　　　　　　249

热中知凉辑一百首　　　　　　307

三秋最好辑六十首　　　　　　425

时哉宜藏辑五十首　　　　　　495

后记 / 林在勇　　　　　　　　564

序

胡中行

　　电脑的桌面上打开着林在勇先生刚刚发来的《癸卯杂诗五百首》电子稿，甫一翻检，便觉得有些莫名的感动。好像真有着某种感应，果不其然地收到了在勇再一次命我作序的邀约。与上次为他的《楹联类纂》作序一样，我依旧是欣然受命。不过，这次的难度增加了不少。综观其书，一则规模宏大，二则诸体兼备，三则风格多样。从何处入手，着实花了我不少的心力。

　　如有神助，忽然之间想到了多年前为《文汇读书周报》开设的"诗说学人"专栏，当时写了杨宽、胡裕树、章培恒诸位先生。我的做法是先为事主写一首诗，然后根据诗意再敷衍成文。例如为杨宽先生所写的一首便是："小时了了大时佳，海上卿云海外霞。着力先秦修二史，精研神话垾三家。诵蒙演义云翻雨，顾吕门风笔指瑕。四十年前聆教诲，至今未忘供清茶。"

理清了思路便好办了，在通读在勇《癸卯杂诗五百首》的基础上，我为他量身定做的诗是这样写的："驾乘五马不忘诗，辞丽才高七步思。出水芙蓉枝挺秀，啄馀鹦鹉骨新奇。为时为事遵居易，知史知今效牧之。更有东坡真豁达，清风明月任船移。"在勇看了说我有点"过誉"，我说不然。诗中的确写了曹植、李白、杜甫、白居易、杜牧和苏东坡这些后人无法超越的大家，但我想说的是，他们这些大家正是我们每个当代作诗者必须模仿学习的榜样，而在勇在这个模仿学习的过程中应该是个能够博采众长、兼收并蓄的优秀生。陈允吉先生曾经在一篇骈文中说我"绎贾浪仙之幽致，罔有滞疑；承刘衍老之薪传，益资聪察""裁酌梦得遒豪、东坡旷放，谓之弥缝唐宋、密契质文可矣"。其实也是一样的意思。讲清了这个道理，接下来我便可以"诗说在勇"了。

一、驾乘五马不忘诗，辞丽才高七步思

在勇身居高校的领导岗位，却能始终保持着一颗诗心，在百忙之中创作不辍，这在他的同行中是比较罕见的。更加罕见的是他的创作数量惊人，速度快到连别无他事、整天埋头作诗的人都望尘莫及。我们来看他的《十日得心辑二百首》，一天写诗二十首，非有"七步成诗"之才者不能为此。尤为使人欣喜的是，此集中虽不能说首首精品，但是绝无粗制滥造的劣作。我们还是以他的作品来说话，例如"别样蓟门杨柳春，昏霾一晌漫扬尘。西风也不温情少，草长花开日看新"（《七绝·癸卯京城春分后二日》）写得有景有理，颇得宋人规范；再例如"雁归残雪地，梅赠暖风天。塞外逢三月，诗中带旧年"（《五绝·北国春日》）通篇对仗工整，末句更是余味隽永；又例如"李十二兄真我兄，用无能用作狂生。千金呼酒醉当醉，一剑替天行可行。少壮不知文字贵，老衰愈觉鬼神惊。五车尚在吾方寸，八斗任由人度衡"（《七律·

妄语姑存之》）亦庄亦谐，应有深意存焉。据此而说在勇"辞丽才高"，良非虚言吧？

二、出水芙蓉枝挺秀，啄馀鹦鹉骨新奇

这两句是说从作品看，在勇兼学李杜，且学得颇有心得。翰林诗崇尚自然，如他自己所说的"清水出芙蓉，天然去雕饰"便是；工部诗则崇尚险峻，如"香稻啄馀鹦鹉粒，碧梧栖老凤凰枝"这样的句子，正是集中体现了老杜"拗""硬""奇"的特点。

我看在勇的诗，在习李学杜中是稍稍偏李的，这从他的大量绝句中可以看出来。比如他有一首五绝直接步韵学李："岁老零花尽，风轻碎影闲。看云来又去，识得性空山。"（《道诚兄寄李白敬亭山诗有感步韵和之》）尽管其中用了"性空"的佛教字眼，但仍不似摩诘而似青莲。另有一首五古则干脆直取"静夜思"之名："忙时浑未觉，晚闲怅自来。佛说人生苦，万般解不开。有为谁似我，何处不逗才。认真作玩笑，浩渺一瞬哉。举头望明

月，低头自徘徊。故乡安在也，心比古人哀。"学李的主观意识与客观效果都很明白。但是与此同时，在勇的诗中，尤其是他的七律中，学杜的痕迹也是间或能见的。我觉得，他有一首《答友人》是最近杜的："真叹假惜各吾悲，故问书生奚仕为。抱负初心思有济，行藏素志省无亏。多能鄙事皆成己，一贯天情岂误谁。更把开张诗眼扩，风云意态瞬时追。"基本具备了"拗""硬""奇"的特点。另有"道阻三年荒两祭，今春连雨近清明。夜深观烛幽怀触，晨霁见晴百感生。嶜竹山松坟各远，青烟黄纸供还精。平民燔告唯家事，或慰儿孙岁有成"（《癸卯清明》）、"晚春闰二迟三月，吐纳温风望迟遐。杨柳纷同云岸色，窗天飞似雪绒花。行年到此忘新祷，转景添些叹老嗟。唯幸今闻真好事，童家报喜得双娃"（《闰二月廿一晨》）等诗，其用词、其章法、其风格，也都是姓杜的。

三、为时为事遵居易，知史知今效牧之

这两句主要是就内容而言的，在勇的诗有不

少是为时而著、为事而作的。这样的例子见者自明，本无需多说了。但是有一点却必须说，那就是在勇在写这类极易入"老干"、堕"打油"、呼口号的作品时，仍能一如既往地坚持守正，这一点是十分难能可贵的，希望读者在阅读此类作品时特别留意体会。

我认为，古代的咏史诗，杜牧是写得最好的，好就好在有史识。比如他写项羽："胜败兵家事不期，包羞忍耻是男儿。江东子弟多才俊，卷土重来未可知。"比起李清照的"生当作人杰，死亦为鬼雄。至今思项羽，不肯过江东"来，识见不知高出了多少。

在这本书中，在勇的咏史诗并不多。但在不多的作品中，有识见的好诗却不少："西山骨冢入斜阳，事业精神两未荒。载道公车书可毁，饮冰热血气难凉。风标五四谁兴起，学问三千自主张。百日维新其一瞬，先生更有大文章"（《七律·梁任公像赞赠李象群先生》）、"星月依稀夫子像，瞻思千古为何崇。不行吾道浮沧海，要唱沂歌浴世风"（《七绝·校园夜拜孔子像》）、"早岁伤怀谒墓庐，其冤岳穆比无如。悲来为我开天眼，泪至因他掷史书"（《七绝·忆京中吊袁崇焕祠冢》）、"忠恕为人责不苟，一从读史莫如何。功成看着良心少，书厚观之废话多"（《七绝·传纪》）、"善宰知鄞县，干才卿相中。安民千古事，落地一场风"（《五绝·惜吾乡邑令王荆公》》这些作品也颇有小杜咏史之遗风。

四、更有东坡真豁达，清风明月任船移

最后讲到了苏东坡，苏东坡最令后人敬佩仰慕的地方，便是他的豁达。文章豁达，诗词豁达，书画豁达，更重要的是为人豁达。这其实也是我们每个人都应该向苏东坡好好学习的一种修为，而在在勇的这本诗集中，我们也欣喜地读到了这一点。这种豁达，在在勇的诗作里，主要表现为他对人生或世事的感悟。此类悟语达语俯拾皆是：

黄历谁将真个看，随心任性是天官。

（七绝·癸卯小雪）

面壁千回宜破壁,点睛一瞬必凝睛。
（七律·汪家芳先生书壁命题遵作）

合天岂必离坚白,为己何须贵紫青。
（七律·原韵奉和王乙珈诗致敬古籍所诸贤）

忙成行走活公案,得着一言参话头。
（七绝·读李晓东兄著《〈红楼梦〉的智慧》）

亥子交时冬岁杪,或晴或雪各随缘。
（七绝·癸卯大雪）

情来舍得五花马,兴至留诸百韵笺。
（七绝·老来得句）

这些都是值得我们特别关注的地方。

（胡中行,复旦大学中文系教授,上海诗词学会顾问兼监事,上海觉群诗社社长。）

序

李定广

　　林在勇先生的《癸卯杂诗五百首》即将付梓，嘱我写序，既开心又荣幸，开心的是能作为"第一读者"品赏新作，荣幸的是能参与并见证在勇先生的又一部大型诗集的隆重出版。据笔者所知，这应该是在勇先生出版的第五部诗集，且是癸卯年一年之内所作，平均每日1.37首。"癸卯杂诗"这个名字令人想起晚清大诗人龚自珍的《己亥杂诗》，龚氏"己亥"一年内的"杂诗"也就三百一十五首，平均每日不到一首。其实，上一年即壬寅年，在勇先生已出版诗集《壬寅诗存四百首》，两年之内合计近千首，其创作成果之丰，笔耕之勤，令人肃然起敬！正如作者所言："晨昏未歇安，役役不曾完。寄世春秋速，发心天地宽。"

通读此书，首要的感触就是，在勇先生是一位真正的诗人。韩愈曾说："余事作诗人。"在勇先生长期担任大学校长或党委书记，日理万机，确实是"余事"才作诗人，但做起诗人来，却又不是那些以"诗人"自诩的人所能比拟，堪称真正的诗人。自古以来真正的"诗人"有三个最基本的特点：一是有一颗强烈的"诗心"，这颗"诗心"的核心点是关心社会、民胞物与的情怀和乐于审美、善于审美的心灵；二是生活处处都是诗，无论是家庭生活或者社会生活，都习惯于用诗来表达，也就是说，一切生活经历都想用写诗来反映，诗作形成一定的规模；三是要能写出好诗，时有佳篇和警句，白居易所谓"天意君须会，人间要好诗"，实际上就是能写出有艺术水平的诗。在勇先生完全具备了这三个特点。

《癸卯杂诗五百首》分为《新年风兴辑》《十日得心辑》《暮春偶感辑》《热中知凉辑》《三秋最好辑》《时哉宜藏辑》共六辑，属于大型组诗，有纪行、游览、题咏、时令、咏怀、唱和、咏物、怀古、感时等，内容丰富，不一而足，体现所谓的"杂"。该书最醒目的特点是依四时顺序，类似于古代的四时组诗，像六朝唐宋时期的《子夜四时歌》组诗，范成大的《四时田园杂兴》组诗等。从四时分布看，春季得诗最多，前三辑《新年风兴辑》《十日得心辑》《暮春偶感辑》都属于春季，共二百九十首，《热中知凉辑》属于夏季，得诗一百首，《三秋最好辑》属于秋季，得诗六十首，《时哉宜藏辑》属于冬季，得诗五十首，与古代四季诗词中春季数量最多的惯例相吻合，譬如范成大的《四时田园杂兴》，春季二十四首，其他三季各十二首，共六十首。集中四时诗中最值得注意的是节日诗和二十四节气诗，作者几乎每逢节日和节气必有诗，可能因为节令感触较多，其节日和节气诗写得大都精彩，属于该书的精华部分。如《守岁》："守岁灯明续夜筵，古来规矩待晨天。不眠除夕因怀旧，当醉新正好忘年。"既写出了大年三十浓厚的年味和诗情，也颇富哲思，启迪人生。再如《癸卯立春》："岁岁周行何处新，变来微妙感天人。寒温未合阴阳数，却道从今已是春。"写出了立春带给人们的普遍感受，正所谓人人心中有，人人笔下无。

该集中咏怀诗虽不算多，但最能呈现在勇先生的"真人"，这也是读者很感兴趣的。如《七绝·老有所得》："幸亏与世未多争，数十年间阅变更。见事应开真智慧，做人勿耍小聪明。"唱和诗数量不少，很能反映作者诗歌创作的"真才"，如《七绝·步周文彰先生〈扬州红桥雅集赞〉原韵奉和》："烟花三月到虹桥，上巳波清连海潮。为是诗人修禊日，柳风多送几分娇。"周文彰先生原作是《扬州红桥雅集赞》："护城河漾小红桥，似见当年修禊潮。诗乃维扬基底色，冶春园景又添娇。"令人想起唐代刘白唱和中白唱刘和，刘总能胜白，皮陆唱和中皮唱陆和，陆总能胜皮的有趣故事。集中怀古诗颇能反映作者的卓见，如《七律·梁任公像赞赠李象群先生》："西山骨冢入斜阳，事业精神两未荒。载道公车书可毁，饮冰热血气难凉。风标五四谁兴起，学问三千自主张。百日维新其一瞬，先生更有大文章。"此诗堪称该集中写得最好的诗之一，读到末句"先生更有大文章"，令人感慨万千。集中偶见感时诗，也能反映作者的卓识，如《七绝·闻缅北战事》："恩仇又致小邦乱，吊伐何劳上国征。勿谓春秋无义战，须知邪正有公评。"

《癸卯杂诗五百首》体裁较全面，有五绝、五律、七绝、七律、排律、古风六种，其中又以七绝和七律为最多，七绝和七律二体是中国旧体诗诸体中艺术层次或艺术精致度最高的形式，也最便于施展才情，最能反映作者的艺术功力。这五百首诗，总体上看，立意新颖，格律纯熟，语言流畅，情感动人，具体而言，其艺术上的精彩之处，这里不妨摘其要者略做介绍。

其一，善于捕捉诗歌的"别趣"。"别趣"指隽永的不同寻常的审美趣味，是严沧浪最为推崇的好诗标准。如"飞云染到红梅意，露泄山居隐者风"（《七绝·福建南靖》），隐者种梅自乐，因为"梅妻鹤子"，梅成为隐者的标志。天上的飞云飘过山间，呈现淡红色，实际上是阳光照在云上产生的颜色，作者巧用比兴，说是飞云"染到红梅意"，结果露泄了山居隐者的消息，读来趣味特别隽永。

再一个突出的例子是感时诗《七绝·广交会闭幕翌日上海进博会开馆有感》："昨日番禺泊广州，虹桥今又作津头。熊鱼兼获思张网，中外痴人说脱钩。"商业上本该广撒网、共收获，互利共赢，但偏有某些"痴人"说什么"脱钩断链"，损人不利己。"张网"与"脱钩"一语双关，别趣横生，又讽刺尖锐。

其二，诗情与哲思的融合。作者常常在诗的结尾处有意识地将哲思融入诗情之中，给人以回味与启迪。如"倘非根气来深远，岂有风神向莽苍"（《七绝·赠沈威峰先生画竹》），"四民月令言何事，造化不曾辜负人"（《七绝·癸卯雨水》），"浮生水来，不能一握"（《四言·山居感岁》）等等，不胜枚举。这反映出作者追求诗歌意蕴深度的努力。

其三，自然与雕琢的融合。有的人作诗追求自然，有的人作诗追求雕琢，而将二者完美融合，雕琢之后却显得自然，看不出雕琢的痕迹，这绝非易事。如"愿得花开开久久，祈将春去去迟迟"（《七绝·心意》），"坐听涨海推余沫，挥送行云载晚霞"(《七绝·深圳梅沙湾半山海》),"颓唐态度无来个,悲悯情怀多著些"(《七绝·论诗》)等。唐人七律中有一类前四句故意用"齐梁体"或"歌行体",用拗句、失对、三平尾,后四句严格守律,一字不苟。李商隐《二月二日》,崔颢《黄鹤楼》等都是此类。集中七律《癸卯花朝用李义山二月二日首联拗体,依韵和之》仿李商隐《二月二日》拗体七律写法,将自然与雕琢的融合发挥得淋漓尽致。

其四,佳篇和警句层出不穷。佳篇上述已多,警句如"浮生水来,不能一握"(《四言·山居感岁》),"造化不曾辜负人"(《七绝·癸卯雨水》),"五行金气悄生出,人在伏中犹不知"(《七绝·癸卯立秋》),"十月阳春冬不寒"(《七绝·癸卯小雪》),"六亿人民皆炼铁,高炉今剩八堆砖"(《七绝·五更寮炼钢史迹》)等等。

《癸卯杂诗五百首》艺术特色值得总结者不止以上四端,读者品读时可再发明之。还有一点感受想略做申述,就是集中时有叹老或消极情绪,诗人偶尔发泄是正常的,似不宜多。兹举一例。

《七律·朗夜有怀》云:"自古何多咏月才,思相观照触悲哀。几番弦下弦还上,哪个人行人再回。故事当年真切在,心情此刻漫糊来。忽听风起天帷动,云比眉头放得开。"艺术上是成熟的,尤其是结句"云比眉头放得开"颇有巧思,但全篇情绪较为消极悲观,看到月弦上下,就想到"哪个人行人再回",结尾更是有"才下眉头却上心头"的化不开。记得在勇先生创作完此诗时曾发给笔者看,笔者回以一绝句曰:"花开花落非人力,云卷云舒是自然。圆缺盈亏千古理,月弦岂可动心弦。"再者,集中有个别篇章或句子可再斟酌,如写除夕的《七绝·壬寅除夕之癸卯祝语》结尾"国祚年年增福瑞,家门日日近春光","日日"若改为"今日"似更扣题,绝句似不宜迁就对仗。

总之,《癸卯杂诗五百首》的出版,是当代旧体诗词创作的重要成果,必将为旧体诗词的繁荣发展,为中华优秀传统文化的复兴做出重要贡献。

忝为序。

甲辰正月初十日

（李定广，上海师范大学人文学院教授，中央电视台《中国诗词大会》学术总负责人，央视大型文化节目《经典咏流传》《诗画中国》首席文学顾问。）

序

孙立川

林在勇先生，吾师也，风流儒雅。

先生少志于诗、博览于文。日就月将，学有缉熙于光明。六艺经传，皆通习之。长而弗辍，乐在声色犬马之上。壮年犹能潜心辞书，手披《辞源》《辞海》。呜呼！自两书问世，通读者，能几人？凡人读不尽一纸，皆昏昏欲睡尔。先生不懈于学，其诗出于寻常万万，不亦宜乎。

后大材为用，夙夜在公。王事鞅掌，不遑启处。虽然，一行作吏而诗情未废，案牍劳形而吟咏不休。得闲必赋诗，不拘于时，不择于地。七步、八叉间诗就，斐然可观。凡今燕燕居息之人，闻此，可以少愧矣。

先生胸中武库，藏书万卷，此创作之活水也。近日，先生诗集《癸卯杂诗五百首》成。余获其稿，捧读数日。每有会意，辄叹天纵。孟子曰："大人者，不失其赤子之心者也。"先生高居庙堂，诚大人也。年近耳顺，犹有童心，是以其诗多趣。温公曰："德者，才之帅也。"先生才德全尽，于诗殆圣。才兼数公，思若无穷。纵意所如，自然成诗。少陵"老去诗篇浑漫兴""晚节渐于诗律细"二句，于先生若合符节。前贤后彦，其揆一也。先生律诗仿佛子美，闲适不减乐天。诵其诗，可知其性情。仁义之人，其言蔼如。

观于海者难为水，游于先生之门者难为诗。恨学制有涯，毕业在即。欲复上高楼、再获麈教，岂可得乎。乡曲之士，受业于今三年。敢不自荐，忝为小序。

此书付梓，必沾沔后学多矣。陋序得附于珠玉，不佞有荣焉。

甲辰龙年，云间后学孙立川谨记。

（孙立川，上海师范大学人文学院诗词创作研究方向 2021 级研究生。）

新年风兴辑四十首

2023 年 1 月 21 日～3 月 21 日
作于沪浙闽粤

七绝·壬寅除夕之癸卯祝语

楹联新岁写双行,
不吝佳言勉上苍。
国祚年年增福瑞,
家门日日近春光。

2023年1月21日

七绝·宁波紫金巷林宅

风和曾到书中驻,
春早自来堂上宣。
感念先人能裕后,
欣知晚辈可光前。

2023 年 1 月 21 日

七言排律·壬寅除夕于宁波盛园

镇明路左漫游巡，

林氏花厅换主人。

蕉古摇消依壁旧，

琴悠恍惚绕梁真。

流风转日谁家有，

怅意慕怀何处申。

念昔功成遗后庆，

思儿福报溯前因。

新牌幸见名加讳，

深院轻叹祖降神。

行至当年灵应庙，

楹联已祝岁将春。

2023年1月21日

七绝·宁波见汤丹文兄

交情三十八年深,
对酒当歌二叟吟。
欣岁宜多长忆事,
喜君能作故乡音。

2023 年 1 月 21 日

七绝·守岁

守岁灯明续夜筵,
古来规矩待晨天。
不眠除夕因怀旧,
当醉新正好忘年。

2023年1月21日

七绝·癸卯正月初一

去岁流年必不仁，
阻天隔地误相亲。
新正渐向共情月，
朔旦即来同好春。

  2023 年 1 月 22 日

七绝·福州

想是比邻英气存，
交相影响各为尊。
三坊七巷连名第，
一善千秋称义门。

2023 年 1 月 22 日

七绝·五更寮炼钢史迹

一时风尚火红天,

寻访遗存安在焉。

六亿人民皆炼铁,

高炉今剩八堆砖。

2023 年 1 月 23 日

七绝·福建南靖

尽把五行圜构中，

土楼自仰一苍穹。

飞云染到红梅意，

露泄山居隐者风。

2023年1月23日

四言·山居感岁

双足入湍,风尘其濯。

时温时寒,或曾一觉。

五指向湍,涌流之捉。

浮生水来,不能一握。

2023年1月24日

七绝·梅州大埔县百侯镇

几缕愁云几处影，

半轮孤月半天霜。

山间入夜多寒气，

爬向老人头上凉。

2023 年 1 月 24 日

五绝·古镇老街

寂巷旧时风,

翁婆向日烘。

年来谁个少,

谁坐夕阳中。

    2023 年 1 月 25 日

七绝·癸卯大年初四重聚广东肇庆

姑表弟兄情最投,

三年不见算千秋。

能言多是儿时乐,

醉里相看半白头。

2023年1月25日

七绝·郊野不禁炮仗

一年经历过流沙,

身渡心平口不嗟。

除旧去如燃爆竹,

迎新来似放烟花。

2023 年 1 月 25 日

七绝·癸卯正月到广州

重来感慨几年中，
不信羊城坐困穷。
南国春萌无疠气，
老街人渐待煦风。

2023年1月26日

七绝·代月吟

初二初三新月牙，

当空一瓣水仙花。

众生忙碌头低着，

不得几人闲看咱。

2023 年 1 月 26 日

七绝·深圳南方科技大学湖光山色

深默岚疏来远势，

热晴雨结作清流。

仰天观化心知意，

君子居之必择优。

2023 年 1 月 27 日

七绝·深圳梅沙湾半山海

潮浪高低偶有花,

水天平阔自无涯。

坐听涨海推余沫,

挥送行云载晚霞。

2023 年 1 月 27 日

七绝·深圳大鹏湾

粼光起灭无留迹,
烟絮扶摇不出声。
遥望长堤如是阔,
翻思止水果然平?

2023 年 1 月 28 日

七绝·癸卯正月初七过汕尾

山海温柔好做人，
岁冬潮汕已阳春。
东南西北谁分管，
要肯炎凉匀一匀。

2023 年 1 月 28 日

七绝·上海诗词学会胡晓军会长命题春在口占

新年原不作虚词,
数九将终忽觉之。
揽镜推窗颜色好,
人天共到景明时。

2023年1月29日

七绝·赠沈威峰先生画竹

象实心空柔与刚,
修行一节一枝藏。
倘非根气来深远,
岂有风神向莽苍。

2023 年 1 月 30 日

七绝·赠沈威峰先生画荷

叠叶铺张多接日，

开花直挺自经风。

绿浓似欲争高下，

不掩心香一个红。

2023 年 1 月 30 日

七绝·题沈香吟山水图

一桥一舍隐层林,
霞色清风渐润侵。
便觉此山思欲入,
应知已得古人心。

2023 年 1 月 30 日

七绝·遥过泉厦八二三战地

惊涛卷似风云诡，

大浪淘如叹息长。

不有挺礁迎旭上，

何能一激晕虹光。

2023 年 1 月 30 日

七绝·北归又经苍南县

红霞夕照送人还，
闽浙车来分水关。
直路修从边上过，
才凭心到玉苍山。

2023年1月31日

七绝·过温州至台州

驰车取直未闲弯,

一跨瓯江过玉环。

非为台州临海好,

慕名欲近括苍山。

2023 年 1 月 31 日

七绝·癸卯立春

岁岁周行何处新,

变来微妙感天人。

寒温未合阴阳数,

却道从今已是春。

2023年2月4日

七绝·咏自制广口茶杯

新瓷成器盛新茗，

愿召春风一室香。

处事能容天乃大，

与人唯淡理方长。

2023 年 2 月 16 日

七绝·癸卯雨水

节气今来昨预春,

温风作雨悄然新。

四民月令言何事,

造化不曾辜负人。

2023 年 2 月 19 日

七绝·香雪海

天下无花不可诗，
况将雪海咏梅时。
魂香何止眼前景，
更有佳人相伴之。

2023 年 2 月 21 日

五绝·海月

风行鸣海鼓,

月上作心钩。

天地何关系,

人来自带愁。

  2023 年 2 月 28 日

七绝·厦门同安宿七星海

月落辨何西与东，
但知身在此玄穹。
轩窗夜对一湾海，
无有波澜心放空。

2022 年 2 月 28 日

七律·癸卯花朝用李义山二月二日首联拗体，依韵和之

二月十二和气萌，

百花生日闻仓庚。

新年宜定花朝节，

前约可偿鸳牒盟。

红绿曾经难得见，

暖寒早晚不须惊。

已然处处春消息，

况有东君连送晴。

2023 年 3 月 3 日

附：二月二日

李商隐

二月二日江上行，

东风日暖闻吹笙。

花须柳眼各无赖，

紫蝶黄蜂俱有情。

万里忆归元亮井，

三年从事亚夫营。

新滩莫悟游人意，

更作风檐夜雨声。

七绝·癸卯惊蛰

不信天时万里同,
江南晴雨半温风。
春眠未觉吾身伏,
梦到雷惊瞌睡虫。

2023年3月6日

七律·梁任公像赞赠李象群先生

西山骨冢入斜阳，

事业精神两未荒。

载道公车书可毁，

饮冰热血气难凉。

风标五四谁兴起，

学问三千自主张。

百日维新其一瞬，

先生更有大文章。

2023年3月8日

七绝·试为酒茶代言

浮蚁微醺知最好，

清泉半饱意尤佳。

糊涂面目高明镜，

饥饿体肤增益怀。

2023年3月16日

七绝·谛观四季林在勇徐立铨壬寅百画诗展开幕

渐满春花去岁园,
微风含蓄渗香轩。
漫由画里差强意,
姑藉诗中随便言。

2023年3月18日

七绝·癸卯春分

一年最是三春日，

两耀还当四季天。

昨夜风凉今午燠，

将晨将夕各怡然。

2023 年 3 月 21 日

七绝·癸卯闰二月

玉兰花树对窗台,

忽见今晨瓣瓣开。

那个去年春又到,

这厢旧痛病重来。

2023 年 3 月 22 日

十日得心辑二百首（一）

（2023年3月24日～3月28日
前五日作于北京长春桥南院、大有庄湖园）

七绝·癸卯京城春分后二日

别样蓟门杨柳春,

昏霾一晌漫扬尘。

西风也不温情少,

草长花开日看新。

2023 年 3 月 24 日

七绝·月令

廿四节时随递迭，
万千物候各新鲜。
一而三又三生九，
行雨来风变化天。

2023年3月24日

七绝·交岁感言

风寒凝雪冬听过，
花树含苞春许来。
随意由天天任性，
吾今学着放些开。

2023 年 3 月 24 日

五绝·北国春日

雁归残雪地,

梅赠暖风天。

塞外逢三月,

诗中带旧年。

2023 年 3 月 24 日

七绝·早春

恼翻天序温寒互,
惹出人情暧昧交。
世界偏无明白理,
一筹变化二三爻。

2023 年 3 月 24 日

七绝·昨又读通宵

老来未悟逞能难，

才得佳书竟夜观。

迟日先知侵晓冷，

早花不怕倒春寒。

2023年3月24日

七绝·老有所得

幸亏与世未多争，
数十年间阅变更。
见事应开真智慧，
做人勿耍小聪明。

2023 年 3 月 24 日

七绝·三月情绪

花光有影留心处,

天籁无声入耳时。

响遏飞云春且驻,

觞流曲水岁将驰。

  2023 年 3 月 24 日

七绝·春耕图

半梦全神相把握，
无声有画可观听。
人家烟火云头在，
童子笛声牛背停。

2023 年 3 月 24 日

七绝·忽思夏伏夕照

乱雀还多枝上闹,

闲蝉每向耳中喧。

日西更晒难消暑,

人老应修不耐烦。

2023 年 3 月 24 日

五绝·忽起秋兴

何缘在此中，
皓首戴苍穹。
方羡飞鸿影，
忽听飘叶风。

2023年3月24日

七绝·晴夜

才情谁与比苏仙，
对月思亲亦可怜。
感此一词多慰藉，
念伊千里亦婵娟。

2023 年 3 月 24 日

七绝·随缘而尽分

自家平仄但求工，

未便论诗标异同。

有空不妨从众里，

得心倒要去书中。

2023 年 3 月 24 日

七绝·梦碧野苍穹

我梦飞驰芳草原,
呼伦贝尔马蹁跹。
江河流注常平水,
日月经行不变天。

2023 年 3 月 25 日

七绝·中央党校南院

有桥园外号长春,

墙内樱棠好比邻。

似水流年人又老,

如花换季岁还新。

2023 年 3 月 25 日

五绝·耐劳

晨昏未歇安,

役役不曾完。

寄世春秋速,

发心天地宽。

2023 年 3 月 25 日

七绝·气象预报

年节春头云乱乱，
孩儿脸子说翻翻。
老天意思谁猜得，
风雨阴晴尽感恩。

2023 年 3 月 25 日

七绝·慕童

人到壮年纷乱麻，
回头羡煞小孩娃。
应声辄至心中愿，
随意而生云上花。

2023 年 3 月 25 日

七绝·园中感所见

乍观死鹊我心怦，

怅惘三春花下行。

有限人生无限意，

偌多悲悯介多情。

2023 年 3 月 25 日

七律·定力

世至千年变异同，
时来平地几场风。
烟云趁势迷心目，
祸福勘因祛昧蒙。
贵用慢方安病里，
善谋大略御寰中。
得人无失天相助，
局面将看雌与雄。

2023 年 3 月 25 日

五绝·午游春园废读自解嘲

何用十三经，

人多自限囹。

行来心地阔，

到处宇天青。

2023 年 3 月 25 日

七绝·谒小平坐像赠李象群先生

瞻之一派祥和气,

举重若轻难事成。

金石有情存像赞,

江山无恙慰平生。

2023 年 3 月 25 日

七绝·美欧对华舆论战

西风一阵惑何人,

乱世纷纭辨伪真。

唯愿男儿存志气,

长教中国有精神。

2023 年 3 月 25 日

七绝·心意

合当天理如神在,
未必人情不上知。
愿得花开开久久,
祈将春去去迟迟。

2023年3月25日

七绝·祷国

苍茫暮色念悠悠，
祈有英雄致远猷。
四海兴涛将万顷，
一生有梦是千秋。

2023 年 3 月 25 日

七绝·无用斋偶作

芸窗一孔作微知,

雨旱阴晴天不时。

四字糊涂难了却,

万家忧乐又来之。

2023 年 3 月 25 日

七绝·默对书

饱学五车何用诗，
风花雪月待其时。
多言合谶期无者，
一语兴邦欲有之。

2023年3月25日

七绝·论诗

一己忧愁天或哂，

万方疾苦念堪嗟。

颓唐态度无来个，

悲悯情怀多著些。

　　2023 年 3 月 25 日

七绝·志于学

每向思中括海洲，
不唯灯下读春秋。
从心更有天机在，
为己原非外处求。

2023 年 3 月 25 日

七绝·校园夜拜孔子像

星月依稀夫子像，

瞻思千古为何崇。

不行吾道浮沧海，

要唱沂歌浴世风。

2023 年 3 月 25 日

七绝·贺丁晓东校长六十大寿

星岁重逢新甲子,

人生又到再青春。

万般从此耳皆顺,

一念合来天与真。

2023 年 3 月 25 日

七绝·车行遥见香山玉泉山

山川气势蔚为观，
草木生机问暖寒。
虎踞龙飞皆尽分，
民胞物与是相欢。

2023年3月26日

五绝·进止

幸有安心法，
羞无济世方。
唯知难实践，
君子重行藏。

2023年3月26日

七绝·进大有庄谒实事求是碑

又见镏金四字箴，
知难行易费思寻。
立诚但愿如民意，
落脚还求合此心。

2023 年 3 月 26 日

七绝·大有庄校史馆感作

创业多艰事竟成，
全凭热血作牺牲。
千秋无意共长寿，
万世有心开太平。

2023 年 3 月 26 日

七绝·大有庄掠燕湖畔

青柳黄花各一边,

黑鹅金鲤共欢然。

春风老去得其体,

和气多来还与天。

2023 年 3 月 26 日

七绝·大有庄孔子问学老子像

吾儒兼老而亲释,

表里阴阳岂两端。

道可道哉无甚解,

时非时也又何干。

2023 年 3 月 26 日

五绝·大有庄咏雪松

丰姿顶细冠,

袍带绿绡纨。

眼阔行身远,

心平出手宽。

2023 年 3 月 26 日

七绝·勤勉

欲速劳神贪万卷,

嫌肥饿体减三餐。

任于外物随千变,

唯向内心求一安。

2023 年 3 月 26 日

七绝·自足

随时随处寄吾形,
白日观花夜看星。
对酒无愁何勉强,
翻书有乐不消停。

2023年3月26日

七绝·忽忆纳木措湖事

山羊健跳过沟池，

教我飞身一跃之。

欲逞英雄虽觉老，

思添能耐不嫌迟。

2023 年 3 月 26 日

七绝·题舍

了犹未了随缘也，
行所当行是我哉。
想必成些佳事去，
思须做个好人来。

2023年3月26日

七绝·感周文彰会长过长春桥客舍

长者三天劳两顾，
烟茶之馈见情真。
历官岂有违心事，
望气果然得道人。

2023 年 3 月 26 日

七绝·毛泽东走我们自己的路雕像

英雄不走寻常路,
世界方惊峻伟身。
何惜移山填海力,
要当立地顶天人。

2023 年 3 月 26 日

七绝·园中夕思

玉兰树下坐如闲,
友过相询默诵篇。
为己孜孜无倦学,
与人默默不争天。

2023 年 3 月 26 日

七绝·见世明理

人老久观兴与亡，
还依正道感沧桑。
一身二亩无多寡，
百姓千秋有短长。

2023年3月26日

七绝·论诗

字队词行点将台，
诗人调遣帅旗开。
万年公道能经住，
天子自家还做来。

2023 年 3 月 26 日

七律·妄语姑存之

李十二兄真我兄，

用无能用作狂生。

千金呼酒醉当醉，

一剑替天行可行。

少壮不知文字贵，

老衰愈觉鬼神惊。

五车尚在吾方寸，

八斗任由人度衡。

2023年3月26日

五绝·为AI突进示儿

新知变未休，

器算胜人筹。

且扫嬉顽兴，

无贻父母忧。

2023 年 3 月 26 日

七绝·吾学子绝四

不喜人称君子儒,
并非曾未苦心孤。
一生持守经皆注,
半点流连念也无。

  2023 年 3 月 26 日

七绝·春梅

北国春寒亦好生,
梅花留与百花争。
情当有见将心证,
天自无言任物呈。

2023 年 3 月 26 日

七绝·念父

先君遗影触悲思,
儿老形容愈肖之。
自但为人兼做事,
余皆顺命与听时。

2023 年 3 月 27 日

七绝·慕君子风

问谁能独亦能群，
允武行余且允文。
德上须孚千百世，
醉中尚觉二三分。

2023 年 3 月 27 日

七绝·梦淮阴侯

竟与齐王酒论兵,
推书列阵箸围城。
多多益善非千乘,
满满尤佳可一觥。

2023 年 3 月 27 日

七绝·中央党校南院谒马恩像

伯仲难分两弟兄，
导师可贵爱民情。
一腔正气新知出，
万古雄心大道生。

2023 年 3 月 27 日

七绝·客京沙尘后答远人问

沙暴风尘春不和,
天清隔日见花多。
来还有迹些微点,
过了无踪恁大陀。

2023 年 3 月 27 日

七绝·咏秋千

刻意均停身外物,
任情摇摆耳旁风。
掂量福祸都来共,
摸索天人两与通。

2023 年 3 月 27 日

七绝·讥友自嘲

翩翩公子出乡关,
哥俩卅年双叟还。
讽我眼花多好雪,
笑他鬓白且童山。

2023 年 3 月 27 日

五古·戏赠故人

风花雪月酒,

天地亲师友。

佳事许相欢,

良心知必守。

2023 年 3 月 27 日

七绝·讲堂闻鼾

一座乍惊雷震穹,
某公可喜梦周公。
花间信马由缰下,
湖上泛舟听桨中。

2023 年 3 月 27 日

七绝·赠白勇兄

入世方才几十春，
循规蹈矩失天真。
爱兄能说俏皮话，
教我难为沉着人。

2023 年 3 月 27 日

七绝·斗室

空有方窗压矮檐,
偏多格栅碍前瞻。
行来户外地天广,
挣出心头扃锁严。

2023 年 3 月 27 日

七绝·忆闽山某殿

烟缭乐奏百花堂,
四海龙公新道场。
财气多来疑宝地,
人踪不到谓仙乡。

2023 年 3 月 27 日

七绝·审势

海阔澜兴非必跃,
天低云远也曾飞。
熟言不是真知者,
凤翥龙潜各妙微。

2023年3月27日

七绝·论诗又一首

寻章觅句读书迟，

学问总于无用时。

要得灵明来一闪，

搜肠刮肚不成诗。

2023 年 3 月 27 日

七绝·自况

从来率性出先天，
不觉吾年知命年。
依律成诗多老辣，
任情寄啸自疯癫。

2023 年 3 月 27 日

七绝·虚己接物

缘事求真情近理，
与人为善异皆同。
抛开不是脸皮厚，
放下应知架子空。

2023 年 3 月 27 日

七绝·花树询名

问名问故路人寻，
踏遍仲春桃李林。
镇日风花迷望眼，
一朝觉悟见根心。

2023年3月27日

七绝·暮色

暖红入眼夕阳斜,

吐纳爽清何所嗟。

不藉云烟飘此过,

谁将风雨记他些。

2023 年 3 月 27 日

七绝·闻欧美银行倒闭风起

尚有愚夫爱美钞，

下坡路上费呶呶。

人筹不及劳天算，

心想能成待运交。

2023 年 3 月 27 日

七绝·叹世

阅人个个为谁惜，
遇事般般唯自嗟。
能定伪真多学着，
不惊宠辱更经些。

2023年3月27日

七绝·良宵散步

漫行春夜摩肩柳,

环顾群芳入眼桃。

闻得风声多妙善,

看回月色带清高。

2023 年 3 月 27 日

七律·月夜观诵

高天魄远影骎寻,

静室香清漏默吟。

对镜时时弦自改,

伴书夜夜酒常斟。

何妨熟地多番到,

又结善缘新个临。

欲我轮流窥古趣,

知其往复示明心。

2023 年 3 月 27 日

七绝·浅言呈正觉醒上师

尘缘得趣前缘断，
皮相当真实相空。
役物为安成习气，
看他不破作羁笼。

2023 年 3 月 27 日

五古·事情

往事诚茫茫，
此情愈杳杳。
莫可道有无，
那堪知多少。

2023 年 3 月 27 日

七绝·亦知

无明无见轮回事,
何作何成颠倒人。
只为转头将到岸,
着忙趋赴历红尘。

2023 年 3 月 27 日

五绝·拟偈语

去去何曾去，

来来未必来。

笑花拈不着，

打滚入尘埃。

2023 年 3 月 27 日

七绝·有疑

黄卷缝中寻觉识，

红尘堆里做痴呆。

三生遭遇何将去，

六道轮回谁又来。

2023 年 3 月 27 日

七绝·发愿

因因果果都推确，
是是非非也当真。
来世多逢成道者，
转身还做有缘人。

2023 年 3 月 27 日

七绝·临睡一首呈何建明先生

认真长者戏言前，
癸卯须吟五百篇。
已是三春将过半，
今无得句不成眠。

2023 年 3 月 27 日

七绝·苏轼佛印故事

公案由头狗屎参,

良方引子佛身观。

东坡得意赢和尚,

一不留神还自惭。

2023 年 3 月 28 日

七绝·修养

发些闲事无名火,
觑着天心得罪嫌。
纵有纷思将念守,
更无他语把花拈。

2023 年 3 月 28 日

七绝·课间观梅

我行北地见花红,
正是江南三月中。
料有情生微妙雨,
恨无梦驻往来风。

2023年3月28日

七绝·叹春

血泥多感堂前迹，
鳞爪可怜云里风。
归燕报春谁掠美，
隐龙施雨未知功。

2023年3月28日

七绝·长养即公

感春花木悄然滋，

万物苏生不息时。

世事悠悠唯此大，

天言默默又谁私。

2023 年 3 月 28 日

七绝·学而优则课孙也

莫须有也听天命,
何所用焉通古今。
学敌万人年少志,
老来唯剩课孙心。

2023 年 3 月 28 日

五绝·赏春

桃李各生涯，
游观莫乱夸。
青枝先出叶，
老树抢开花。

2023年3月28日

七绝·惜吾乡邑令王荆公

书生善宰知鄞县,
已见干才卿相中。
利国安民千古事,
行天落地一场风。

2023 年 3 月 28 日

七绝·忙碌

浮生底事总须承，
白日偷光续夜灯。
箧里闲篇相打理，
念头公案要折腾。

2023 年 3 月 28 日

七绝·君子不器

无见无明必不欢,

人生应付乱麻团。

来长去远春秋识,

持正开新宇宙观。

2023 年 3 月 28 日

五绝·昼寝

睡浅推新梦，

惊平对老天。

佳言当预兆，

好事莫翻旋。

2023年3月28日

七绝·鸣禽

鸟语新声正好听,

三天相熟已通灵。

信将不老人依旧,

看把当春树返青。

2023 年 3 月 28 日

七绝·感通

能行能止醉能歌，
莫把无端认网罗。
世俗当中居也久，
天人之际遇何多。

2023 年 3 月 28 日

七绝·天气

前天沙暴昨天霾,

今日晴春气未乖。

不费神猜何了断,

都交运宰好安排。

2023年3月28日

七绝·忆京中吊袁崇焕祠冢

早岁伤怀谒墓庐，
其冤岳穆比无如。
悲来为我开天眼，
泪至因他掷史书。

2023 年 3 月 28 日

七绝·忆去岁春荒

空有兼方欲挺身,
奈何不用入封尘。
忍看野火欺枯草,
默下幽台叹古人。

2023 年 3 月 28 日

七绝·忽念涨海

潮天心意正氤氲，
我欲言他不可闻。
似藉爽风藏远啸，
为舒郁气遣闲云。

2023 年 3 月 28 日

七绝·嗡嗡来蜂

汹汹吓我闹飞虫，
插翅虎裙刀客风。
一笑了之真出息，
自嘲活着大成功。

2023 年 3 月 28 日

七绝·读书思天

乍观云日不曾移,

好雨将生必可期。

宇宙阴阳终复始,

春秋微妙正而奇。

2023 年 3 月 28 日

七绝·将晚饭

朋辈呼引赴餐台,
自闭房门暂不开。
独处诸欢应并至,
一时万法可都来。

2023 年 3 月 28 日

十日得心辑二百首（二）

（2023年3月29日～4月2日
后五日作于北京长春桥南院）

七绝·思绪

三重涨晕函香久,

一片浮光动影斜。

气息忆来春几处,

音容记得事何些。

2023年3月29日

七绝·闻黄皓南世兄临《谛观四季》诗画展谢赠一首

暖色才萌二月间,
双飞燕子待耕田。
看花人似临风树,
祈雨春来有爱天。

2023 年 3 月 29 日

七绝·信将嘉和

热情一夜续温阳,

新叶晨开半寸长。

昨日谁云时未到,

今披红绿共春光。

  2023 年 3 月 29 日

五绝·今热减衣

晨夕畏寒暖,

劳吾神与形。

有身成继绊,

无暇近云星。

2023 年 3 月 29 日

七绝·午经花树

一阵微风樱似雪，

忽然吟出动心歌。

误人总为长情久，

感物还因老泪多。

2023 年 3 月 29 日

七绝·传纪

忠恕为人责不苛，
一从读史莫如何。
功成看着良心少，
书厚观之废话多。

  2023 年 3 月 29 日

七绝·嘲老友

漫说渔樵似羡鱼,

红尘万丈论玄虚。

心头意气无能去,

天下湖山未可居。

2023 年 3 月 29 日

七绝·打油解嘲

脑满肠肥谁说我？
诗书肚量竟同夸。
老头里面排颜值，
李四张三数洒家。

  2023 年 3 月 29 日

七律·朗夜有怀

自古何多咏月才，

思相观照触悲哀。

几番弦下弦还上，

哪个人行人再回。

故事当年真切在，

心情此刻漫糊来。

忽听风起天帷动，

云比眉头放得开。

2023年3月29日

七律·匆匆隔岁矣

谁将日子度如年,

愧对好园逢好天。

手痒每因春可画,

心疼还为世应怜。

夜来老眼流星雨,

泪向酸杯落瓣笺。

原本此中无一事,

尘埃惹到是从前。

2023 年 3 月 29 日

七绝·淡泊

一论是非争正邪，
还多意气不平耶。
活教世界麻烦着，
学把人生将就些。

2023 年 3 月 30 日

七绝·清宁

入世无生若许愁，
此心光爽对苍幽。
微微风往天边上，
点点星来梦里头。

2023 年 3 月 30 日

七经·自乐

平生阅世各逢之,

幸学千年不过时。

老去尚存慷慨气,

梦中颇作悖狂诗。

2023 年 3 月 30 日

七绝·预订航班偶作

鲲鹏翼下好山河,

欲为吾民祝福多。

百善吟来流水对,

一悲唱出大风歌。

    2023 年 3 月 30 日

七绝·生机

京城三月年中最,

桃李杏梨齐斗夸。

粉白紫红芳径满,

石头缝里小黄花。

2023 年 3 月 30 日

七绝·忽念平常假日

小儿游戏我平躺，

一转星周今沐休。

共处无分谁榜样，

相知各自有鸿猷。

2023 年 3 月 30 日

七绝·香火

敦风三代不能少,

遗爱百年犹更真。

愿有儿郎承善业,

祈开局面看新人。

2023 年 3 月 30 日

七绝·向晚天沉

低云高日原无涉，
入眼临身始互侵。
腾转吞遮寒意重，
声微色暗鸟投林。

2023 年 3 月 30 日

七绝·悟

能合妙神须遇时，
难明奥理竟知之。
心情好在堪回首，
经历偏多可入诗。

2023年3月30日

七律·好玩儿

梦把璇玑天上指,
酣将太白镜中呼。
轮流倾倒称兄弟,
彼此认真吹有无。
兴至千篇还少算,
诗来一斗岂多沽。
今番醉值马裘价,
不愿微醒更抱壶。

2023 年 3 月 30 日

七绝·诵满江红

莫须有也事何冤,

怒发冲冠情可原。

万载回头停一瞬,

百篇到底费千言。

2023 年 3 月 30 日

七绝·游春

游春呼吸自由风,
移步花光各不同。
天地人须精气贯,
诗书画必性情通。

2023年3月30日

七绝·何处不兰亭

落英曲水似流觞,
教与云天对两行。
联句只因分韵好,
和诗乃敢近花香。

2023年3月30日

七绝·忽忆滨海礁上立

撞鼓心头馀浪沫,

推潮眼底上波峰。

不堪玄鸟添纷乱,

欲把青丝捋顺从。

2023年3月30日

七绝·有思

忆中一片海云天，

眼底几方烟雨田。

不意身心仍有触，

应知前后续成篇。

2023 年 3 月 30 日

七绝·戏作离店赠伙计诗一首寄安栋兄

祖法炊烹莫可知,

酒酸浅巷已闻之。

惟君续水茶凉客,

非众添柴手热时。

2023 年 3 月 30 日

七绝·闻沪上林徐诗画展将延展一周感作

蜂蝶盘桓疑旧识,
丹青点化认前身。
吟来春意皆由我,
画出花香好动人。

2023年3月31日

七绝·思往当涂谒李墓

不到人家那境怀，

岂知太白做生涯。

寻诗月下神无醉，

追影风中梦必佳。

2023 年 3 月 31 日

七绝·自勉

山河局面裁量手，
岁月文章计较心。
已得风流还着字，
要将今古各成箴。

2023年3月31日

七绝·自况

终究无非身外转，
如何都在理中磨。
闲人不怕岁余短，
长物只求诗剩多。

2023 年 3 月 31 日

七绝·吾道忠恕而已矣

何来计较辨鱼龙,
俗趣高心各各从。
人己无妨都解放,
性情不恶尽优容。

2023 年 3 月 31 日

七绝·夜读

人生一二称佳事,
赏月观书合性天。
清白心神多印照,
光明几案好流连。

2023 年 3 月 31 日

七绝·《谛观四季》诗画展
一首谢沪上友人

飞鸟传音上意回，
天风落地野花开。
胸中含蓄随人解，
笔底精神自古来。

2023年3月31日

七绝·浇花

思湖园里水清清,
一勺匀来芳草生。
凡事何能都允正,
自心欲使尽公平。

2023 年 3 月 31 日

七绝·舆情

泥鱼入网变霓龙，
一众芸芸滚滚从。
堪笑小儿多辩日，
莫言竖子可争锋。

2023 年 3 月 31 日

七绝·人生识字糊涂始

前思后想假真共，
北辙南辕左右来。
书里冤家都路窄，
念中难处一拳开。

2023年3月31日

七绝·修行

江湖似梦沉迷走，
宇宙如书懵懂观。
措手来时双不及，
扪心用处一能安？

2023 年 3 月 31 日

七绝·渐学顿悟

循果访因真伪事，
种瓜插柳有无心。
恰思渺渺思将到，
不意苍苍意已临。

2023 年 3 月 31 日

七绝·题林徐诗画册

大化俱都无尽处，

谛观各自有穷涯。

先将漫笔随高下，

再以玄思接迤逦。

2023 年 3 月 31 日

七绝·久蛰

去去都归非必处，
来来多在偶然时。
想千年后能存者，
寻一处中其乐之。

2023 年 3 月 31 日

五绝·赠画家石元兄

得情才是理，

入画莫非春。

君看浇花者，

多为任性人。

2023 年 3 月 31 日

五绝·浮生

存神初性近，
接物世缘新。
天地暂为客，
春秋不等人。

2023 年 3 月 31 日

七律·三月节将至

诗酒颓龄又一年，

双亲不寿早升仙。

悲欢梦里思方外，

离合缘中说果前。

添个堪怜多苦世，

遗些可憾有情天。

忽闻数日清明近，

谁料雨晴云雾烟。

2023年3月31日

七律·小坐芳园

又到缤纷扰攘天，

海棠树下算流年。

孜孜于学全真一，

历历相逢半大千。

悟得境随时转矣，

修成人与命安焉。

看花莫把春心折，

入世无将俗气缠。

2023 年 3 月 31 日

七绝·贪痴

春欲满山花耸之,

愁来柳絮乱飞时。

纵多百二天增寿,

未尽三千自扰丝。

2023 年 3 月 31 日

七律·无邪

春来人似在河洲，
更有代言鸣唧啾。
宇宙音声非叵测，
胸襟气象自能筹。
浮沉都是顽童趣，
出处全无老大忧。
不信此心天不喜，
诗凭诗据已然收。

2023 年 3 月 31 日

七绝·精进

宇宙观书思窈冥，

江湖行脚眼清明。

前头再上蜿蜒磴，

回首曾来曲折程。

2023 年 3 月 31 日

七绝·为己之学

自由人在江湖走，
复杂世多风雨兼。
只向身家三日省，
无教性理半分嫌。

2023 年 3 月 31 日

七绝·不迷

当破还当持是非，
可加必可减些微。
自生爽气扪胸守，
何惧妖风扑面飞。

2023 年 3 月 31 日

七绝·笑土垃圾

总有稀奇变怪形,
无端坎坷且多经。
那些玩意脚跟后,
踏着歌儿行不停。

2023 年 4 月 1 日

五绝·黉序园池

晨行每觉新，

似我老天真。

云影游乎水，

花香爱煞人。

2023 年 4 月 1 日

七绝·岁有庆诞

循环年日一迟疑，

又到感恩思报期。

天道总来相慰藉，

人生时有更神奇。

2023年4月1日

七绝·园中坐

花下读书何认真，
光风心境此间新。
反身学则求诸己，
措手施之利及人。

2023 年 4 月 1 日

七律·旧岁考案

一阵狂风强入园，
摧枝摇本起嚣喧。
惊疑为有心中忌，
福祸谁凭路上言。
但愿人情多稳便，
不图我事少麻烦。
当家理当无滋乱，
勿使平添几个冤。

2023 年 4 月 1 日

七绝·闻某公抱怨食堂伙食

七颠八倒大厨餐,
将就吃来无色难。
入世应教尘事简,
容人为使自心宽。

2023 年 4 月 1 日

七绝·园中

设座畅和心少乱，
隔墙熙攘世多忙。
人来相约逛街去，
难道此间花不香？

  2023 年 4 月 1 日

七绝·逆放翁诗意

莫嫌纸上得来浅,

要怪俗中投入真。

闻道工夫知未够,

躬亲也误实行人。

2023 年 4 月 1 日

七绝·春色

岂独尘霾误眼真，
烟花今日也迷身。
既难看破无须说，
尚未自知何必人。

2023年4月1日

七绝·打坐

春秋来往一年年，
未懂风花变化天。
少学诗书今学易，
壮思经济老思禅。

2023年4月1日

七绝·吟咏由心自出新

时来诗兴入春园,
熟字何须书袋翻。
我意出些还自得,
古人说过不烦言。

2023 年 4 月 1 日

七绝·园中午坐至未初

听天光景闲闲过,
任我神思窈窈生。
有志者能开画面,
无私人必好风声。

2023 年 4 月 1 日

七绝·漫步春园

行路两旁花朵朵,

知音几个鸟啁啁。

心头无住一时乐,

诗里莫空千古愁。

2023 年 4 月 1 日

七绝·月近圆

苍穹之下此寰中，
仰见冰盘遍处同。
岁日匆匆难与共，
悲欢各各不相通。

    2023 年 4 月 1 日

七绝·客京念沪上诸友

老友酣中哭笑歌，
强争莫辩所言何。
相投气息堪沉浸，
共好时光是切磋。

2023 年 4 月 1 日

七绝·欢忆

好风好景桂花香，
妙处妙人明月光。
一席还思唯岁久，
几杯浑忘只情长。

2023年4月1日

七绝·客京念沪上诸友又一首

独来花夜暗香时,

灯影摇风比兴迟。

七八个人应好月,

二三壶酒更佳诗。

2023 年 4 月 1 日

七绝·客京赠邹晓东兄

续香花气怡清舍，

自醉春风响故人。

窗下专修禅坐定，

君偏知己送醇真。

2023年4月1日

七绝·春氤

与花相对沾嘉气，
有德为邻聚好风。
不意登堂将入室，
芬芳犹自紧随同。

2023年4月1日

七绝·愚人节遥念文尖老同学戏赠一首

倪公越老越风流，
不约酣欢不罢休。
若似当年谈学问，
好如今日计觥筹。

2023年4月1日

七绝·审慎

乱分甲乙自兴叹，
事物方方面面观。
要虑责人何太急，
翻思律己有多难。

2023 年 4 月 1 日

五绝·夜读

饥眠两可忘,

禅定眼开光。

书好春宵短,

天真世味长。

2023 年 4 月 1 日

七绝·夕照

落日悬停高树上,
流霞倾注远天边。
我心也向西方去,
欲逐云程更往前。

2023年4月1日

七绝·夜籁

微虫窸窣如花叹，
老树吟哦藉月听。
懂的非由凡语会，
知之或在上穹形。

2023 年 4 月 1 日

七律·思海谛观

心平慧定安详至，
海廓云张混沌开。
漫见孤鸥匆影过，
时听浃宙浩叹哀。
侵沙声落重重到，
撞岸潮归再再来。
一浪一波忙底事，
无言天日让人猜。

2023年4月1日

七绝·春夜微凉思菊月咏之

爽气朝阳铺地锦,

暮云老树破天霜。

深秋一日多佳色,

乐在身心还欲凉。

2023 年 4 月 1 日

七绝·寄杭州周向潮兄

二三十载过纷纭,

向晚西湖再约君。

捣乱清波方出月,

抚平斜照已红云。

2023 年 4 月 1 日

七绝·芳圃吟

桃容恰衬颜衰相，

梨雪专飘鬓白人。

万古悲心因岁晚，

百花好意送春新。

2023 年 4 月 1 日

七绝·阳历四月一日

四月已交三月穷,
一场阵雨一场风。
还将春日来花下,
仍把新诗到画中。

2023 年 4 月 1 日

七绝·癸卯年

年时算得后尤佳,
模样观来今不差。
我对春天都信任,
生花生草各生涯。

2023 年 4 月 1 日

七绝·夜读晏起

行脚常年惯客居,
归心昨夜入吾庐。
有灯还看移窗月,
无欲自忙连壁书。

2023年4月2日

七律·兴汉双杰

得才决胜当千万，
定策运筹其幄帷。
韩信终亡吕后计，
张良曾刺始皇锥。
悯怀所遇难伸屈，
喟赞斯人敢作为。
圯上谁鞋谁胯下，
英雄无事不堪追。

2023年4月2日

七绝·晨起见天阴

晴连十日今云起,
看似春耕将润多。
人老唯期家国好,
岁新更祝雨风和。

2023 年 4 月 2 日

七绝·海外机构预测今年中国成长率将超百分之五

天予和风盈吉院，
人同春气入嘉年。
心情涨势添成色，
经济恰闻增速先。

2023 年 4 月 2 日

七绝·校园拍照

年将花甲尚天真，
留影留情花下人。
乐与同胞同不老，
欢来一岁一还春。

2023 年 4 月 2 日

七绝·卯月客京

风过天清花郁郁,

春来树暖鸟喁喁。

料应南亩皆欣发,

善作将成祝老农。

2023年4月2日

七绝·卯月客京又一首

蓟门旬日乐如何,
刺股悬梁自律苛。
享福人中应比少,
做功世上务求多。

2023年4月2日

七绝·念春游太湖

大善护生除网罗,

诗中旧典写渔歌。

一谙梦里江南好,

莫辨人间天上何。

2023 年 4 月 2 日

七绝·思里杭州

便嬛韵致武林最,

疏宕风流四月天。

山色看烟瀛岛外,

雨声听伞御街边。

2023年4月2日

七绝·忆中淮河

偶临逝水波宁刻,

长眺流光律动程。

过客往来曾照影,

晴川上下有回声。

2023 年 4 月 2 日

七绝·滴酒成诗

世纷慧定醺风驻,
思滞瓶倾活水来。
人老方修斟酌法,
醍醐灌顶打将开。

  2023 年 4 月 2 日

七绝·音乐剧《春上海1949》复排赠作曲家安栋导演钟浩马良

欣闻我剧将重演,
唱段凭君稍改之。
要会心来终曲处,
合当歌至忘情时。

2023年4月2日

七绝·遥闻友人趋观诗画展感作四句以谢之

闻君车驾入园林，

博识多能料有心。

奇字分香花上认，

玄言会意画中寻。

2023 年 4 月 2 日

七绝·二月到京初欣荣景

蓟门春晚早花红，

老树绿苞芽满充。

润养还兼星下露，

催生不待海南风。

2023 年 4 月 2 日

七绝·佳园即兴

自古多情不遇时,
隔墙一杏也成诗。
祈将琅苑门开着,
愿有花神我拜之。

2023 年 4 月 2 日

七绝·自勉

岁月每疑何太遽，

人天不憾最为难。

吾知好学如追日，

一路歇茶无歇鞍。

2023 年 4 月 2 日

七绝·爱人语

漏夜亲书拍案嗟，
晨星又到夕阳斜。
英雄尽管多行着，
儿女还能稍念些。

2023年4月2日

七绝·思古贤多静气

人将耳顺屡经风,

五十年间见异同。

徒有好心多误事,

倘无定力少成功。

2023 年 4 月 2 日

七绝·好学深思

括古涵今君国念,
随风挂月自家忧。
剩些读罢好情绪,
留个梦中真想头。

2023 年 4 月 2 日

七绝·央校旬月纪念

大道煌煌皆正经，

明堂句句未虚听。

京城恰值三春好，

口占夕朝吟不停。

2023年4月2日

七绝·央校半月将归

随云日子天边落,
扑蝶猫儿草上飞。
与物生情多一瞬,
思将衣袖夕阳挥。

2023年4月2日

暮春偶感辑五十首

(2023年4月3日～5月5日)

七绝·寻开心

何不人来疯作怪，
好将刻下悟成仙。
拙诗必寿九千岁，
生趣且狂三万天。

2023年4月3日

七绝·自强筋骨

日将万步君行健,
举重若轻三五斤。
自欲男儿多劲气,
谁知夫子淡浮云。

2023年4月4日

七律·癸卯清明

道阻三年荒两祭，
今春连雨近清明。
夜深观烛幽怀触，
晨霁见晴百感生。
矖竹山松坟各远，
青烟黄纸供还精。
平民燔告唯家事，
或慰儿孙岁有成。

2023年4月5日

七绝·闻老友六十矣

朋辈年龄今悔问,
惊将花甲共唏嘘。
自惭力薄欠行善,
天赐寿长多读书。

2023年4月6日

七绝·忽闻树上响动

三春多变夜天气,
月掩花垂虫籁轻。
叶在枝头听摆弄,
愈高愈得应风声。

2023 年 4 月 6 日

七绝·赠书法家华波

工夫到处事能工，
慧眼摩观诸法同。
信笔写来多好字，
任情行去每春风。

2023 年 4 月 7 日

七绝·闰二月十七月圆

盈亏寒暖自循环,

不一人生不二天。

好梦如成春可去,

长情恰在月能还。

  2023 年 4 月 7 日

七绝·宠猫

百样傲娇藏虎性,
万般钟爱集毛身。
不知主子还谁是,
一宅属它人上人。

2023 年 4 月 8 日

七绝·《春上海1949》重演
致谢创演团队及观众

满堂声韵气氤氲，
热泪手挥腾作云。
有剩残春寻几处，
得偿夙愿谢诸君。

2023年4月8日

七绝·贺十六龄邹其成书画集付梓

善画能书其早成,
邹家有女使人惊。
凭空写出沧桑意,
是老灵魂几世情。

2023年4月8日

七绝·今春得诗望三百首矣

诗人灵感获于天，

今岁心情胜去年。

才过清明春未老，

数来二百好多篇。

2023年4月8日

七绝·白居易词江南好

目迷光晕流金碎,

浪涌春花屑玉明。

人到江南知好处,

白堤主事忆前生。

2023 年 4 月 9 日

七绝·生物学家王小明兄长六十寿庆致贺

风华不负有心人,

鳞羽长看得趣真。

甲子重周无限意,

知将日日作三春。

2023年4月10日

七绝·忆少岁

四十余年同此日,
春园飞絮恼人时。
家书一写三千字,
老父笑言儿也痴。

2023 年 4 月 11 日

七律·闰二月廿一晨

晚春闰二迟三月，

吐纳温风望迤遐。

杨柳纷同云岸色，

窗天飞似雪绒花。

行年到此忘新祷，

转景添些叹老嗟。

唯幸今闻真好事，

童家报喜得双娃。

2023 年 4 月 12 日

七绝·思将写音乐剧苍山洱海

兴邦事重捏拿轻，
苍洱民生欲洽情。
喜剧排些颠倒趣，
好歌听个海山盟。

2023 年 4 月 12 日

七绝·古典与民歌

笑如莺啭风铃响，

动若鸿惊云絮飞。

爱了都成明白话，

阿哥阿妹把家归。

2023年4月12日

七绝·辑自创歌曲一百五十首

声尘有迹任寻真，
杨柳无心漫插春。
不解观音何证得，
谛听换作写歌人。

2023 年 4 月 17 日

七绝·觉群诗社盛会

世间行脚学禅真,
到处风和即到春。
顿悟觉群先觉己,
渐修安物始安人。

2023 年 4 月 18 日

附：答在勇先生

胡中行

宦海浮沉未失真，
羡君才气正阳春。
我叹顿渐皆难及，
唯用诚心答友人。

附：和林在勇先生

廖振福

佛缘天意辨难真，

旧雨新知满座春。

风日清嘉宜共咏，

人间乐作苦吟人。

七绝·书法家张波庚子春静居临元四家画展观后

隶碑行草各风神,
逸气开张龙马真。
山水岚波收笔下,
书家竟作画图人。

2023 年 4 月 19 日

七绝·癸卯谷雨

人间三月雨连旬,

添绿摧红向晚春。

知共田家望收意,

天霖不止不嫌频。

2023 年 4 月 20 日

七绝·全民阅读季首进学校谢赠中国作协邱华栋李晓东先生

人情经世各尝之,
春意入园晨读时。
愈老愈亲书有味,
眼花奈诵少年诗。

2023 年 4 月 22 日

七律·敬和长者七律退休生活

盛世归休又一春，

林泉日子好怡神。

墨池几笔诗留迹，

书壁三垣志拱辰。

欣慰中朝多振发，

谛听外海各吟呻。

长生为证千秋业，

乐水行山不老人。

2023年4月22日

七绝·步周文彰先生《扬州红桥雅集赞》原韵奉和

烟花三月到虹桥,
上巳清波连海潮。
为是诗人修禊日,
柳风多送几分娇。

2023 年 4 月 23 日

附：扬州红桥雅集赞
周文彰

护城河漾小红桥，
似见当年修禊潮。
诗乃维扬基底色，
冶春园景又添娇。

七绝·长沙蓉园夜筵朝食念谊寄友人

暮雨晨风一乐哉，
何愁诗债竭吾才。
我今学做逍遥子，
万事不妨明日来。

2023年4月24日

七绝·画家徐立铨兄中州采风见告

闻得洛阳春正好,

牡丹接着懂花人。

一时纸贵知携少,

闲日何妨逸手身。

2023 年 4 月 24 日

七绝·和胡中行先生咏老诗

感佩吾公竟戒烟，
清神朗貌正当年。
才高多溢故言老，
无酒也能诗百篇。

2023 年 4 月 25 日

附：咏老二十首之五
胡中行

忍心诀别酒和烟，

相伴相亲五十年。

唯愿体衰思不竭，

余生尚可作诗篇。

七律·胡中行前辈赠诗原韵奉和

匆匆岁月隙中驹,

无用五车叹老夫。

不为修成何种果,

也曾画得几张图。

浮才差可称心手,

善作未能歌袴襦。

知命之年犹半醉,

感公诗偈作醒苏。

2023 年 4 月 26 日

附：赠林在勇先生

胡中行

萧萧白马从骊驹，

陌上罗敷美丈夫。

太乐丞迁大祭酒，

鹭鸶补换白鹇图。

百篇斗酒心随口，

二句三年泪湿襦。

前世与君似相约，

何时挥麈说欧苏？

七绝·赠李逸平学长

甲子循环鬓返青,

临风玉树正亭亭。

春秋合用阴阳历,

进退当从道德经。

2023 年 4 月 26 日

五律·春日枯叶满地

三月风来急,

枝头始让春。

频摇催朽老,

悄长发萌新。

窸窣惊清耳,

黑黄铺绿茵。

都云秋落尽,

常识未为真。

2023年4月26日

七绝·伟余先生邀聚馨源楼打油

早晚全凭一顿安,
减肥胖子忍饥难。
吴兄约饭花园里,
嘱咐先将秀色餐。

2023 年 4 月 27 日

五古·悼王铁仙老师

一念四十年，

衔环惟抱愧。

公召如昨时，

今趋天溅泪。

如公之善行，

岂不寿人瑞。

如公之不争，

人天各安位。

忆昔苦方言，

课堂昏昏睡。

及公坐台上，

可喜鼾似醉。

未曾临下恚，

曾未迎上伪。

果然君子儒，

焉为功名累。

惊悉公不留，

诸贤俱伤类。

春光日日兴，

中有人其萎。

2023年4月28日

五绝·修订《春上海1949》演出剧本

信史自流芳,

今人演剧场。

一言思未稳,

删改费周章。

2023年4月29日

七绝·乘沪宁高铁，呈刘涟清先生

风驰片刻过苏州，
折算天庭一瞬眸。
不是周公无约梦，
江南望眼欲多收。

2023 年 4 月 30 日

五律·癸卯暮春游南京牛首山忆庚寅侍先严栖霞寺礼顶骨舍利乃盛世重光见于大报恩寺

金陵坤位尊，
牛首祖风存。
几处西来意，
何时遍植根。
栖霞寻佛顶，
随父拜山门。
一十三年后，
眺瞻思报恩。

2023年4月30日

七绝·牛首山佛顶宫

万缘真骨许长住，
诸相化身随仰瞻。
妙构天宫无尽意，
穹窿一念证庄严。

2023 年 4 月 30 日

七绝·金陵小镇燕集里满庭芳

金乌才下伽蓝树,
皓月新添补怛光。
幸与诸贤燕集乐,
酒香还共满庭芳。

2023 年 4 月 30 日

七绝·南京汤山园博园

汤山龙脉紫东门,

望阙临池寄畅轩。

盛世不唯修庙宇,

匠心合到大观园。

2023 年 5 月 1 日

七绝·复兴号高铁一小时自宁返沪

广厦接天驰策催,

白墙青瓦隐重隈。

江南景物频年改,

欲我半生惊几回。

2023 年 5 月 1 日

七绝·五一假期过静安公园寻静坐处不得

岂知清苑亦炎凉，

人攘车喧挤闹忙。

不是观花唯此日，

当春都在好时光。

2023 年 5 月 1 日

七绝·华东师大中文八五级系友小聚

东南风送故人来，
窗外桐花向席开。
半百年华都正好，
顽皮戏码看连台。

2023 年 5 月 1 日

七绝·世侄大婚贺皮家兄嫂

灯火锦堂钟鼓宣,
三春佳日百花筵。
人生父母维兹大,
儿女婚姻最合天。

2023 年 5 月 2 日

七绝·子媳赴青岛摄婚庆照今将返沪

崂山留影海云绯,
执手相亲看画翚。
车驾登程思道远,
吾儿絜妇早来归。

2023年5月3日

七绝·癸卯暮春欢宴一众弟子

公门济济称多士,

学馆彬彬忆故人。

二十年知吾亦老,

一堂聚首倍相亲。

2023年5月3日

七绝·读史兴叹

凿石愚公寻地利,
拔苗智叟助天成。
当春颇把工夫费,
一曝十寒花未生。

2023年5月3日

七绝·读史兴叹之二

禁屠禁酿禁宵行，
升斗小民何业成。
强汉盛唐无若宋，
汴州坊巷好谋生。

2023年5月3日

五绝·祈少学习多假期

盈途车马尘,
儿女乐游春。
放学宽三日,
半年劳碌人。

2023年5月3日

七绝·忆壬寅今日抓雏雀

近树飞停惊几回,
唧唧鸟语我能猜。
去年捉放相嬉耍,
那个顽皮人又来。

2023 年 5 月 4 日

七绝·愍农

春种秋收日月梭，

劳人未暇唱山歌。

倍加三百六旬五，

不抵一年闲事多。

2023 年 5 月 4 日

七绝·癸卯立夏前一日

姹紫嫣红看不全，
春秋节令急翻篇。
应承一岁繁花样，
须得三千六百天。

2023 年 5 月 5 日

热中知凉辑一百首

(2023年5月6日~8月7日)

七绝·癸卯立夏

已惯春来天渐暄，

思将两季接熏温。

热前先至兜头雨，

瓢泼欲人无发昏。

2023 年 5 月 6 日

七绝·呈沪通先生

朗园树木认前身,
江海观风又一春。
不负十年多读史,
眼明合做意宽人。

2023年5月7日

七绝·赠史佳华

回头山海尽沧桑,

莫道闲中日月长。

正好栽花多种树,

人生不可负春光。

2023年5月8日

五绝·夕问

星宇青红渐,

云龙变幻飞。

天光今夜好,

能否早同归。

  2023年5月9日

七绝·石元兄嘱题紫藤入夏图

微黄淡紫绿云中,

忽有奇香出一丛。

不觉匆匆春已去,

凭君纸上驻花风。

2023 年 5 月 10 日

附：原韵奉和林子诗

傅蓉蓉

淡烟流入紫霞中，
总爱晴芳出野丛。
春老岂耽传彩笔，
花开犹占快哉风。

七绝·呈陈克宏先生

放歌不为遏云停,

声气相投契友听。

半隐江湖闲日好,

看山看水各真形。

2023 年 5 月 10 日

五古·静夜思

忙时浑未觉，

晚闲怅自来。

佛说人生苦，

万般解不开。

有为谁似我，

何处不逞才。

认真作玩笑，

浩渺一瞬哉。

举头望明月，

低头自徘徊。

故乡安在也，

心比古人哀。

2023年5月11日

七绝·学思湖

蜻蜓点水岂由之,
花叶铺张遍挺枝。
挤挤挨挨难照影,
热风拂过睡莲池。

2023 年 5 月 12 日

七绝·夜经食肆所见

老酒熏成微赤面，
青虾灼得大红身。
羡他日子糊涂过，
却是世间明白人。

2023年5月12日

五古·早醒步韵孟浩然春晓

四更天未晓，

断梦喧春鸟。

乌鸫其最疯，

招怨应不少。

2023 年 5 月 13 日

附：春晓

孟浩然

春眠不觉晓,

处处闻啼鸟。

夜来风雨声,

花落知多少。

七绝·访 G60 科创云廊赠向民兄

多谋善作事咸亨,

岂止云间著政声。

实上务虚三立备,

无中生有一功成。

2023 年 5 月 13 日

五绝·道堵

弥望尾灯明，
捱捱不得行。
车身方丈小，
一轨路多争。

2023 年 5 月 13 日

七绝·母亲节

凭空谁设母亲节,

五月花开愈觉鲜。

今日升温如夏热,

人情亦感自然天。

2023 年 5 月 14 日

五绝·诗赠雄儿入职

世界多精彩,

纷华却不真。

安心先做事,

乐业始成人。

2023 年 5 月 14 日

五绝·五更

五更人早兴,

忘梦愈明澄。

残月钩风起,

孤星引日升。

2023 年 5 月 15 日

七绝·怀旧

相逢对语故乡人,
历历家山多可亲。
忆是何年春返里,
人生几个廿年春。

2023 年 5 月 15 日

五绝·初夏暴雨将至

雀迹枝头默,
风声牖缝鸣。
连旸三五日,
天变悄然征。

2023 年 5 月 16 日

七绝·阅报知中法石油交易首以人民币计价矣

风云四海略闻迟,
日子寻常自过之。
信有高明经与济,
欣然更待复兴时。

2023年5月17日

七绝·改稿迟复戏答杨海虹编审

烦恼自寻烧脑筋,

青丝多剪两三分。

闭关只为惭模样,

云鬓修成始见君。

2023 年 5 月 17 日

七绝·贺莫言王振壮游与长歌两块砖书法特展

此公活出性灵天,
愈老愈顽抛块砖。
知拗合心他不改,
歌闲行笔后当传。

2023 年 5 月 18 日

七绝·笑赠某教书育人者

夫子无辜南子何,

天人好色一呵呵。

贤徒都是小浑蛋,

害得师门赌咒多。

2023 年 5 月 19 日

七绝·杨浦滨江

楼台新起间茏葱,
景物年来又不同。
必是人称杨树浦,
清江到此每春风。

2023 年 5 月 19 日

七绝·自喜春来已瘦十八斤

无怨无尤惯屈伸,
修成衣带渐宽人。
今虽不复将军肚,
只管撑船近我身。

2023 年 5 月 19 日

七绝·五二〇

年年到此说鸳鸯,
五廿谐音寓意藏。
二月曾逢二幺九,
思之爱要久长长。

2023年5月20日

七绝·癸卯小满

变幻光风仲夏天,
晴滋谷长雨滋田。
人间更有心情好,
看涨船高看涨川。

2023 年 5 月 21 日

七绝·胡中行先生论语诗原韵敬和

允执厥中唯一精,

朝闻尧曰满天晴。

吾年十五韦三绝,

老忆少时思未平。

2023 年 5 月 21 日

附：读书二十首之四
胡中行

篇幅无多字字精，
案头论语伴阴晴。
厩焚一句伤人否，
半部足教天下平。

五绝·沸茗

伸舒碧玉芽,

犹带野绒花。

光澈熏腾气,

杯清看落茶。

2023 年 5 月 22 日

五绝·乐夕

绯云挽日情，

神旷廓天清。

向晚身心适，

微宵星月明。

2023 年 5 月 23 日

七绝·晨过漕河泾

看将细雨浓荫没，
闻有鸣禽深树居。
夹竹桃红半溪水，
垂纶莫辨锦鳞鱼。

2023 年 5 月 24 日

七绝·赴无锡道上见夹竹桃盛开

仲夏繁生遮眼树,

中年各误赏花心。

竹桃不比春桃逊,

白浪红云诗未吟。

2023 年 5 月 24 日

七绝·原韵奉和崔晓军兄

思来再讨茶香醉,
兴至相知炉火红。
识得江南崔处士,
言诗从此带高风。

2023 年 5 月 25 日

附：为林子游太湖箕山作

崔晓军

吴酒困人三日醉，

园花经雨百般红。

无人画出林居士，

亭角寻诗满袖风。

七绝·忆侍先君每春至太湖箕山华东疗养院

湖滨几度侍亲行，

十四年前父往生。

岁至箕山多眼熟，

时来怅意未心平。

2023 年 5 月 25 日

七律·胡中行先生命作端午诗

如日天中端正午,

一年夏至极阳时。

晴将入伏心先热,

雨未出梅田愈滋。

屈子罕知知粽子,

舟儿少赛赛娃儿。

几人闲作菖蒲句,

休沐思多重五期。

2023年5月25日

七绝·戏作课堂百态赠为松兄

宰予何多各昼眠,
某生端坐似颜渊。
寻诗注目推敲字,
试笔埋头描画圈。

2023年5月26日

七绝·《春上海1949》复演于上海解放纪念日

重现案头编剧事，
又闻台上踏歌声。
难禁老泪莫名状，
或为先人感死生。

2023年5月26日

七绝·贺陈士杰画展开幕

日与丹青掷岁华,

香妍队里寄身家。

此中真意谁知得,

默笔勾描解语花。

2023 年 5 月 27 日

七律·宋耀良老师归国诸门生侍筵

相忘江湖岂忘情，

接风远客举飞觥。

红颜历历红尘顾，

白发斑斑白业评。

都向当年加故事，

不因老岁悔平生。

座中频上师尊寿，

一片喧哗斗酒声。

2023年5月27日

七绝·原韵奉和胡中行先生诗,剧中原型先父为空军前辈也,其孙乃业飞机制造,今日恰逢国产C919首航,巧合之中心有所告慰于天也

翼龙远举意高昂,
喜泪来时亦夺眶。
演剧首航同此日,
先君天上感无伤。

2023年5月28日

附：观林在勇创作音乐剧《春上海1949》

胡中行

剧情跌宕曲低昂，

忽觉神驰泪满眶。

只为全场真善美，

绝非人老易悲伤。

附：观林在勇创作音乐剧《春上海 1949》

林美霞

先生好剧气高昂，

妙曲低回泪夺眶。

最是令人动情处，

漫漫长夜见星光。

附：观林在勇创作音乐剧《春上海1949》

朱荣

回头再看剧中人，

感悟歌词见理真。

唤起民心惊大地，

申城曙色恰逢春。

七绝·坚持日仅一餐

凭何长做顺心人,

无妄偶来观立身。

愿不食多生胀气,

体肤一饿养精神。

2023 年 5 月 29 日

七绝·仲夏

杂味交来中岁集,

残芳偶向晚春赊。

去年今日几相忘,

唯忆热风深树遮。

2023 年 5 月 31 日

七绝·原韵奉和胡公六一诗

红尘世里好真修,

处处无非十二楼。

一派童心经岁月,

两头活水做源流。

2023 年 6 月 1 日

附：儿童节抒怀
胡中行

今世行踪往世修，

更期来世上层楼。

重阳六一轮回过，

不怕时光不倒流。

七律·答华波兄欲为常熟作书屏

友人问我琴川事,

洙泗承风言子乡。

鱼米相宜双季稻,

弦歌共盛四时芳。

江南此独称常熟,

天下今皆入小康。

为有斯文传道久,

虞山处处是春阳。

2023年6月2日

五律·原韵奉和李易兄

诗欲谭今古,

酒思忘夕朝。

甘醇无足寓,

块垒勿须浇。

得意能安物,

扪心在侣樵。

闻看长不厌,

明月与清箫。

2023 年 6 月 2 日

附：酬林在勇兄

李易

神驰八百里，

心击十三朝。

良夜携筵踵，

玉篇和酒浇。

有诗谢皮陆，

无梦对渔樵。

一别孤山迥，

疏梅野鹤箫。

七绝·南京见证陈校长李将军师生情谊

人生离合计无方,
总有真情耐久藏。
今日迟偿前岁约,
更添陈酿一年香。

2023年6月2日

五律·国家版本馆

兰台升玉墀,

石室入风诗。

袅袅闻韶际,

阗阗立论时。

江山明道统,

学问绍宗师。

兹事何其大,

千秋可述之。

2023年6月3日

五绝·五更鸟

醒眼觉平明,

新啼贵一清。

枝头谁独语,

林下或相鸣。

2023 年 6 月 4 日

七绝·近闻疫情重起

偶感风寒新疫期,

三分热度半心疑。

恐非旧病来寻我,

怕是庸人自扰之。

2023 年 6 月 5 日

七绝·席上不遇遥呈阮光页许红珍老师

卅年故事记犹真,
花甲欣同不老春。
应有新诗存夙谊,
好将陈醴敬贤人。

2023年6月5日

七绝·癸卯芒种高考前一日

岁岁春闱仲夏初,
烧香抱脚试何如。
今朝相问都忙甚,
不事桑麻只读书。

2023年6月6日

附：高考前一日步林师韵

李百艳

炎窗十载苦磨书，
不问桑麻问仕途。
明日春闱偿夙愿？
榴花似火果何如。

七律·答友人

真叹假惜各吾悲，
故问书生奚仕为。
抱负初心思有济，
行藏素志省无亏。
多能鄙事皆成己，
一贯天情岂误谁。
更把开张诗眼扩，
风云意态瞬时追。

2023年6月7日

七绝·浦江苏河交汇处荣景

外白渡桥江面开，
流光楼岸落霞催。
今人只见今模样，
不觉沧桑变几回。

2023年6月8日

五绝·迟起

夜久星都尽,

晨新梦未完。

才贪床一瞬,

不觉日三竿。

  2023 年 6 月 10 日

五绝·道诚兄寄李白敬亭山诗有感步韵和之

岁老零花尽,

风轻碎影闲。

看云来又去,

识得性空山。

2023 年 6 月 13 日

附：独坐敬亭山
李白

众鸟高飞尽，
孤云独去闲。
相看两不厌，
只有敬亭山。

七绝·杨梅

自笑吟诗误几回，
杨梅不识认青梅。
冬春两气存风色，
浸煮俱香入酒杯。

2023 年 6 月 14 日

七绝·毕业典礼

何须身外较形名，
临别良言劝后生。
紫绶峨冠随便著，
真才实学与时行。

2023 年 6 月 15 日

七绝·入梅

天光暗淡浮云下,
心气迷蒙懒意生。
每到江南多雨季,
古人诗里了无晴。

2023 年 6 月 17 日

七绝·癸卯夏至

今年夏至将端午,
双节宜多旧俗风。
异世翻新略存古,
人心收拾寓其中。

2023 年 6 月 21 日

七律·原韵奉和胡中行前辈玉佛禅寺端午诗歌节并呈觉醒大和尚

蒲艾能匀窣堵香，
和光瑞气一升堂。
礼成正对文殊殿，
诗得尽为云锦章。
参理持中言有中，
接人尊长道应长。
老师大德今何事，
并赐祥安圣惠方。

2023年6月22日

附：玉佛禅寺端午诗歌节

胡中行

艾香宝殿伴檀香，

僧俗群贤聚一堂。

聊慰允公身尚健，

殊惊在勇口成章。

热流难阻人流涌，

游兴争如诗兴长。

我把骚坛当诊所，

既施针砭又开方。

七绝·沪滇航中自嘲

飞渡关山多骋目，

坐游梦寐偶回神。

行人万里苦吟路，

天上如何知得真。

2023 年 6 月 23 日

七律·大理第一中学西云书院捐产设学碑前吊中法战争捐躯名将云南提督杨玉珂

临泮瞻棂拜玉珂，

溯源杨督叹如何。

史无万贯谁私久，

德有百年曾树多。

固合输公捐命谥，

竟为误国祸民讹。

镇南关上风长至，

苍洱云涛遥祭歌。

2023年6月24日

七绝·雨中飞降浦东机场

黄梅季节乘飞鸢,

落向江南浓雾前。

云上阳光云下雨,

一层空气两重天。

2023年6月24日

五绝·五月街边

云晴知入夏，
梅子雨犹春。
热热凉凉季，
来来往往人。

2023 年 6 月 26 日

七律·敬呈方家查清华教授

虚衔何用乱吾真,

三十年前诩达人。

固以清名行到底,

犹将俗套著来身。

老之戒得谦多益,

高处思危恕近仁。

余岁安知留几许,

唯期学问日新新。

2023 年 6 月 29 日

五绝·五月十五梅雨季夜云透月

霁月忽生光,

清空觉有香。

诗多因酒浅,

人老故情长。

2023 年 7 月 2 日

七绝·酒话

知须与世一呵呵,
为酒为争人面酡。
交浅言深因醉误,
辕南辙北竟谈多。

2023 年 7 月 5 日

七绝·癸卯小暑

最是人情喜倒颠，
出梅又念出梅前。
将收云雨多晴热，
难耐更难三伏天。

2023年7月7日

附：步林子小暑诗韵

陈海良

夜饮三杯临草颠，

笺麻素墨子时前。

龙蛇满地惊神鬼，

雷电声声入暑天。

七绝·太原观歌剧《小老杨》

染绿映蓝汾水滨,

认将六月晋阳春。

应思右玉西风口,

七十年来种树人。

2023年7月8日

七绝·今出梅入伏

祖宗黄历古来玄，

时令双逢岂误焉。

入伏晨挥如雨汗，

出梅早见自霞天。

2023 年 7 月 11 日

五绝·怀惭老师

欲谒亲尊者,
踟蹰春复秋。
感恩多纠结,
报以女儿羞。

2023 年 7 月 14 日

七绝·圣贤有述

欲训儿郎君子行，

广贤文里摘其精。

先忧后乐或天性，

上达下知因学成。

  2023 年 7 月 15 日

七绝·说君子儒

读书行路两相师,
能措能施为政时。
心术学来焉可坏,
天机窥得未全知。

2023年7月15日

七绝·百岁基辛格忽访华

云似山奔方作势,

潮如海立渐成形。

忽来明暗藏深闪,

天际雷声隐隐听。

2023 年 7 月 18 日

五绝·抵京邹晓东兄设席并邀宝二爷

谊深无北南,

千里约吾酣。

兴至人多二,

怀开酒过三。

2023 年 7 月 19 日

七绝·六月初一客蓟门

未入伏前连月暑,
人间乱序问天官。
大都更比南都热,
去岁何如今岁难。

2023 年 7 月 19 日

七绝·癸卯客京大暑将至

镇日蝉声至夕曛,
祈凉天色火烧云。
热蒸一夏连三月,
问暑如何大小分?

2023 年 7 月 20 日

附：次韵在勇兄客京有寄
姚国仪

晚来海上望斜曛，

翻卷京都五色云。

炎暑再无论大小，

只今泾渭亦难分。

七绝·《春上海1949》北京天桥剧院盛演

谢幕台前幕又升,

掌声呼啸似潮兴。

剧中剧外好儿女,

泪共青春禁不能。

2023年7月20日

五绝·申城豪雨

长街白浪湍,

平地大河宽。

不为一时雨,

谁知行路难。

2023 年 7 月 21 日

七绝·宁波舟山车上

境转云飞色浅深,

风韬铁马竞骎骎。

过城念到阳明里,

向海思来菩萨心。

2023 年 7 月 22 日

七绝·舟山观音法界建筑群

山门狮象小南海,

补怛幡幢紫竹林。

规制今将奇正合,

真如不执异同心。

2023 年 7 月 22 日

七绝·观音圣坛药师佛殿

慈悲大愿作天医，

国土庄严自可期。

但得根心人具足，

何方不是净琉璃。

2023 年 7 月 22 日

五绝·癸卯六月初六普陀珞珈

山海观听久，

苦声如切真。

入无差别境，

念有作为人。

2023 年 7 月 23 日

七绝·普陀山门越来越好刻石

大士挥招皆爽风,
三千手眼谛明聪。
越来越好缘来此,
人在海天殊胜中。

2023 年 7 月 23 日

七绝·补怛普济寺地藏殿

中元将至念亡亲，
地藏初心赎此身。
天贶节兼今大暑，
泪悲汗喜感交人。

2023 年 7 月 23 日

七绝·普陀南海观音

法雨三洲感应间，

海天唯此珞珈山。

闻声救苦儿呼母，

教世童真慧觉还。

2023 年 7 月 23 日

七绝·中国与中东欧合作会址宁波国际会议中心

变幻高天射紫光,
谁擎墨彩入縑缃。
东钱湖上风云起,
要有千帆向大洋。

2023年7月24日

七绝·台风前

天上事情听沸蜩，

嘶凉唱热一哓哓。

三千里外风云变，

庭树枝头微动摇。

  2023 年 7 月 25 日

五律·观逸侯任重先生水墨丹青展

举世一人矣,

传神六法乎?

气雄云岸马,

心旷芷汀凫。

岂有仙家笔,

果然君子儒。

其来犹道远,

天纵不能拘。

2023 年 7 月 28 日

七绝·天气

列阵云从南面过,
连场雨向北边行。
台风天色多明暗,
别处愿无灾祸生。

2023 年 7 月 29 日

五绝·台风后一日

丝云自乐耽,
天色水晶蓝。
美极偏催泪,
临风情弗堪。

2023 年 7 月 30 日

七绝·赠象儿再游东瀛

愿君放眼太平洋，

莫管今时各主张。

两岸无非衣带水，

一朝形势比人强。

2023 年 7 月 30 日

七律·敬和胡中行先生再赠诗

诗中佳话盛于唐,

字里行间可倚旁。

头地让苏欧寄语,

交情荐李贺知章。

忘年戚戚缘因旧,

德我生生气赞阳。

为报恩公分一石,

斗倾又醉泰和汤。

2023年7月31日

附：再赠在勇先生
胡中行

可是先秦抑汉唐？
比肩并辔醉花旁。
曾牵牛犊过颍水，
又别龙门会洛阳。
元白同吟新乐府，
欧梅共检绣文章。
因缘今世能猜得，
何惧桥边喝孟汤。

七绝·癸卯六月十四晴夜

大公难得此无私,

宜对高天致颂词。

方在楼台煌朗月,

行来陋巷亦随之。

2023 年 7 月 31 日

七绝·奉贤谢筵呈陈士杰先生

伏羊节里聚贤乡,

享我驱寒祛湿汤。

菜卤蛋为稀罕物,

得无归遗细君尝。

2023 年 8 月 1 日

五绝·名医英伟兄寿筵祝酒口占

生日建军节,

豪雄出性天。

将门真有后,

济世两壶悬。

2023年8月1日

七绝·李昕兄自京来

台风过海雨幽燕,

十里长街泽似川。

君出蓟门应有见,

水资车驾旱资船。

2023年8月2日

五绝·忽闻常温超导体制成

迅雷风烈时,

必变弗安之。

引电新奇术,

将来未可知。

2023 年 8 月 3 日

五绝·敬谢屏山堂张公为治"林子百一家"印一方

张公真爱我，

不笑小生狂。

诸子今余一，

思将复汉唐。

2023 年 8 月 3 日

七绝·示儿

极思儿女竟潸然，

愈老愈知难两全。

二十年来唯一默，

天恩遥在尽听天。

2023 年 8 月 4 日

七绝·侍宴沪上书画界丁公车公张公诸前辈

海上方家聚一堂，

维予小子忝行觞。

诸公雅望出天性，

翰染生涯合寿长。

2023年8月5日

七绝·刘将军嘱题故乡东港市

古今名郡出辽东,

鹿岛孤山慷慨风。

鸭绿江天新画卷,

千帆向海㸦曦中。

2023 年 8 月 7 日

三秋最好辑六十首

（2023年8月8日～11月7日）

七绝·癸卯立秋

昨夜风神召雨师，

洗天驱暑向晨时。

五行金气悄生出，

人在伏中犹不知。

2023年8月8日

七绝·立秋飞滇

廓象一开千万里,

奇形难认两三分。

西行乘得白龙马,

最美无如天上云。

2023 年 8 月 8 日

五律·侍游大理奉觞徐国岩将军

幸蒙公不弃,

惠我乃良多。

妙道闻三载,

深情记几何。

随行苍洱地,

合颂智仁歌。

今借夕佳色,

云龙共一酡。

2023 年 8 月 8 日

七绝·巍宝山道教圣地也,传南诏王祖学道于此

曾此青阶上九垓,

巍山土主拜师来。

云龙风虎指挥定,

管到天南境广开。

2023年8月9日

五绝·苍洱双廊雨霁

聚气峙邙嵩,

顷奔如溃洍。

野云无自性,

转念变随风。

2023 年 8 月 9 日

五古·步王维鹿柴原韵

登高念远人,

自听心鼓响。

不动此山林,

感日徐徐上。

2023年8月10日

附：鹿柴

王维

空山不见人，

但闻人语响。

返景入深林，

复照青苔上。

七律·重上鸡足山

灵山一会彩云南,

雄秀幽奇霞客谈。

迦叶道场金顶寺,

菩提法海慧灯庵。

缘情遂愿今来再,

报德有心须拜三。

天柱峰烟忽开处,

祥光必为照伽蓝。

2023 年 8 月 10 日

七绝·云南宾川重农善政

使君携上瑞云台,

荒岭环瞻碧玉栽。

州县能知爱佳果,

金沙江水凿山来。

2023 年 8 月 10 日

七绝·感大理州国宗兄德政

行云苍洱作清霖,

拓海澄明入朗襟。

吾祷黄堂高一品,

君存风谊足千金。

2023 年 8 月 11 日

七绝·离滇飞沪遥想大理今夕火把节

点苍山上舞云龙,
过岸欢声歌趁风。
向夜人间烟火色,
下关灯月海天红。

2023年8月11日

七绝·潘文国先生八秩寿庆暨《诗词读写初阶》新书发布会

道德文章称老师,
匆将耄耋亦春时。
人天两致合彭寿,
更有国风公续之。

2023年8月18日

七绝·癸卯处暑前出伏

暑天每热早中晚，
伏日还长一二三。
出处都逢秋老虎，
江南节气半空谈。

2023年8月20日

七绝·七夕公务赴黔

年年守望一星津,

七夕鹊桥长在人。

今到黔山多雨地,

相思幸勿泪沾巾。

2023 年 8 月 22 日

七绝·访贵阳孔学堂

牂牁远去万重关，
自性光明悟道还。
欲往九夷夫子意，
八千里外有溪山。

2023 年 8 月 22 日

七绝·重读水浒

温书不似少年间,

水浒今观见昧顽。

鲁迅一言真入骨,

非奴即匪聚梁山。

2023 年 8 月 26 日

七绝·台风摧折凌霄花

藤蔓凌霄八月开,

花期惜值雨风来。

十全十美常无有,

零落人间亦可哀。

2023 年 8 月 29 日

五律·第二届东亚唐诗国际会后忆观电影《长安三万里》念李白所少者大义与爱情也,惜哉

托虚仙谪游,

人共说风流。

野客魂依月,

浮生诗泛舟。

应为才不足,

岂必世相囚。

绝酒怀天下,

亲知遍五洲。

2023 年 9 月 2 日

七绝·有感美国商务部长访华之际华为高端手机上市

一千五百日为期,
修炼功夫天下奇。
俗见相争唯芥子,
雄心已上此须弥。

2023年9月3日

七绝·夜抵古巴

追日周天仰月明,

寰球半至正初更。

一飞三万八千里,

合计东来西到程。

2023 年 9 月 4 日

七绝·哈瓦那朝云红日

情景今生念几回,
彤云蓝海夜天开。
月辉西向留还在,
日炽东边转出来。

2023 年 9 月 5 日

七绝·域外有思

世间殊相辨何优，

博识多闻四海游。

登泰山而小天下，

圣人惜未过洋洲。

2023年9月5日

七绝·卡斯特罗革命纪念馆

人间自有大英雄，
肝胆腑心存至公。
走马灯来今政客，
不消深问是龙虫。

2023年9月5日

七绝·古巴观感

西洋瀛岛岁艰辛，

不远天堂近恶邻。

欲致均平其患寡，

民风可喜尚精神。

2023 年 9 月 6 日

七绝·闻中国电动汽车问鼎慕尼黑车展

三十年间各逞雄，

河西一变是河东。

不期天下同车轨，

可颂寰中有国风。

2023 年 9 月 6 日

七绝·访古巴国家植物园并赞种族和谐

树花有治土谐宜，
风物相安人洽熙。
奇异缤纷加勒比，
比之肤色未多奇。

2023年9月6日

七绝·哈瓦那莫罗古堡夜酌即兴

夕阳古堡一湾海,

暖抱红云两臂身。

自有情歌天上落,

爽风吹得酒香醇。

2023 年 9 月 6 日

七绝·墨西哥湾候月出

即将海上生明月,

静待辰光一颗烟。

西去东归周复始,

人生相看几回天。

2023 年 9 月 6 日

七绝·世界遗产哈瓦那老城区

石城铁炮几重围,

鹰翼狭天时过飞。

踽踽行来垂钓者,

老街曾住海明威。

2023 年 9 月 7 日

七绝·癸卯白露写于巴拿马

分洲南北一渠航,

赤道全年无露霜。

暑气云从今褪尽,

寰球却是各炎凉。

2023年9月8日

七绝·世界遗产巴拿马老城

巷楼三五百年前,

多变人间不变天。

几处残垣空架子,

待将粉饰又光鲜。

2023 年 9 月 8 日

七律·访查格里斯国家公园土著聚落，余三十年前曾著玛雅文化一书，实未尝亲至也

三十年前写雨神，
书中此境未身亲。
一溪循上桃源渡，
万木深藏溽草困。
不必心存金字塔，
或应腰著蜴纹巾。
文明旧迹凭谁问，
眉眼端详玛雅人。

2023年9月9日

七绝·巴拿马运河观景

巨舶沿渠缓缓来，

仰瞻高似九重台。

太平洋出泰西海，

一片欢呼闸对开。

2023 年 9 月 9 日

五言排律·巴拿马科隆海滨雨林至世界遗产圣罗伦佐城堡

南北分洲界,

两洋斯一裁。

运河行巨舸,

机器曳高垓。

扼要平湖口,

凌空古炮台。

旷情闲客至,

荒径野山开。

扑面皆潮气,

遮阳多湿苔。

思寻登屐乐,

欲得啸猿哀。

附：五言排律·恩施大峡谷、腾龙洞、大清江，步林在勇韵和之

胡晓军

林簇如烟染，
峰端若斧裁。
目迷仰雾里，
行绕俯山垓。
方出缆车站，
即登明镜台。
放怀逐级下，
野境渐层开。
瀑散湿潮气，
岩生黄绿苔。
步迟木栈滑，

诗啸老猿哀。
隔水灵狐辨，
低檐栖鸟猜。
浓云盖顶至，
急雨破空来。
水作汤汤势，
声延郁郁雷。
缓时碧玉结，
急处白沙偎。
石顶琼当宇，
繁灯星作堆。
低眉观聚蚁，
回首见囚虺。
洞外褥难耐，
此中凉易回。

今秋风作马,

此遇孰为媒。

程可揽图测,

意难屈指推。

信哉从造化,

老矣任频催。

诸事付流水,

一帆挂劲桅。

形游纡远志,

神共楚天恢。

五律·八月初大理起兴今补作于伊斯坦布尔机场

苍山著画翚,

洱海入丹帏。

龙口衔珠影,

云头驾夕辉。

缘情曾未了,

盟誓可无违。

雪月风花地,

何期执手归。

2023年9月11日

七绝·笑拜登G20欧洲中东印度铁路计划

二十国来身毒盟,
执牛耳者唱高声。
贩香万里舟车路,
山一程还水一程。

2023年9月12日

[注] 身毒,先秦至隋唐对印度的音译。

七绝·读《玉谿生诗集》

不待惘然追忆还，

当时固已泪潸潸。

中年心绪情诗里，

有憾多知李义山。

2023 年 9 月 14 日

七绝·五十八岁自题

知命多添八度知，

更将耳顺好年时。

且听外物无高下，

一过自心须把持。

2023年9月15日

七绝·九一八国难日

壑邻污水绕琉球,
新怨又添思宿仇。
十四年间为祸烈,
当初变起柳条沟。

2023 年 9 月 18 日

七绝·出门赴诗词课堂

一拟讲纲三十题,
之乎者也奈何兮。
诗词格律非难事,
要得精神大概齐。

2023 年 9 月 23 日

七绝·癸卯秋分

祭月送牛吟菊篱,

古来今日是佳期。

重农新定丰收节,

为政无如此事宜。

2023 年 9 月 23 日

七绝·静夜思

纷至沓来随忘之,
连篇累牍费言辞。
思将每日无虚过,
月下床前占一诗。

2023年9月28日

七绝·观京剧《西施》有感

世情自古误西施,
主角心思未可知。
戏说男人争霸事,
何曾写得女优词。

2023 年 10 月 1 日

七绝·舟山随渔轮出海

赤日黄风白浪天，
扬帆驾海打鱼还。
网罗思致龙君子，
蟹将虾兵追上船。

2023 年 10 月 4 日

七绝·癸卯寒露

金水相生气爽新,

天精来下桂花晨。

江南九月迟秋意,

犹有连句暖似春。

2023年10月8日

附：读林子癸卯寒露诗，步韵和之
伍伟民

桂魄生凉物候新，

天香馥郁浼清晨。

东篱靖节微醺后，

露冷诗来且送春。

四言·儿婚喜宴桌席名号

宜家宜室，宴尔新婚。

吉祯辐辏，瑞启德门。

鸿禧云集，百福骈臻。

兰蕙桂馥，玉树联芬。

琴瑟永谐，鸾凤和鸣。

瓜瓞延祥，发轫云程。

兰阶添喜，梦熊祥徵。

双芝竞秀，花萼欣荣。

紫气兆瑞，风顺家兴。

千祥俱至，良缘世盟。

2023 年 10 月 10 日

七绝·行船浦江夜宴亲家，后日雄儿大婚也

灯火楼航八面风，
江天云幕两边红。
金波载酒新人飨，
拜过家翁拜岳公。

2023年10月12日

七绝·贺雄儿大婚

絮雨淹旬正日晴，
吉时当刻渫云清。
佳缘必有情天眷，
丹桂金霞共祝成。

2023 年 10 月 14 日

七绝·雄儿婚礼后一日谢宴诸贤兄

满堂诗乐证新婚,
客雅主欢高义存。
福德思从孚洽得,
有余地步予儿孙。

2023 年 10 月 15 日

七绝·俄乌斗未休而巴以争又起

西亚东欧炸弹飞,

吾人舌战各趋归。

不能秉正勘终始,

何足持中论是非。

2023 年 10 月 20 日

七绝·九九重阳

阳九双逢转少阴,
爻辞占得易中深。
循环岂在来春事,
岁月何如不老心。

2023 年 10 月 23 日

七绝·癸卯霜降

生在江南易作人，
秋阳尚好暖兼旬。
老夫不欲初霜至，
鬓白涂遮且当春。

2023 年 10 月 24 日

附：步韵在勇癸卯霜降
姚国仪

江南多见白头人，
我命已然逾七旬。
才度重阳又霜降，
此生无计赎青春。

七绝·第二届江南文化岭南文化论坛

观风书上来心上,
说梦江南向岭南。
一脉正音听越粤,
汉唐声气似曾谙。

2023 年 10 月 26 日

七绝·南方科大艺术通识课程咨询会赠刘辉院长并呈薛其坤校长

卓然十岁南科大,
倏尔三年树艺成。
岭外弦歌何不辍,
感公善作自蜚声。

2023年10月27日

七绝·婚礼

佳时盛会贺新人,
十月金秋缔眷姻。
必是卯年宜合巹,
甲辰正好育龙麟。

2023 年 10 月 28 日

七绝·遥望西山

又客京华忆旧诗,
十年相约可来之。
香山红叶云行处,
玉露金风心到时。

2023 年 10 月 29 日

七绝·贺雄儿廿八生日当天正式负责一架客机生产交付调度工作

念中犹是小哥哥，

立业成家大块陀。

二十八年真易逝，

为人父母感怀多。

2023 年 10 月 30 日

七绝·上海十月三十一日街景有感

日见西风不吃香，
今年洋节著唐装。
耍疯作怪顽童趣，
一代新人自主张。

2023 年 10 月 31 日

七绝·闻缅北战事

恩仇又致小邦乱,
吊伐何劳上国征。
勿谓春秋无义战,
须知邪正有公评。

2023 年 11 月 1 日

七绝·癸卯晚秋咏落英

一年一度菊香风，
寄托因人各不同。
清雅词非黄白意，
取其花色未曾红。

2023年11月2日

七绝·自拟联语承方家赐法书，敬观妙墨遥拜谢之

静似潜龙动舞鸾，
高风厚谊寄毫端。
成双好事相成就，
合一骈联正合观。

2023年11月3日

时哉宜藏辑五十首

(2023年11月8日～2024年1月20日)

七绝·癸卯立冬

四时八节一年终,
今日观天或不同。
纵有阳春几分意,
已闻北地雪乘风。

2023 年 11 月 8 日

七绝·广交会闭幕翌日上海进博会开馆有感

昨日番樯泊广州,
虹桥今又作津头。
熊鱼兼获思张网,
中外痴人说脱钩。

2023 年 11 月 10 日

七绝·记先父1949年11月11日参加人民空军成立仪式

七十四年前世云，
堂堂之阵作天军。
穹帷驰骋生飞翼，
南苑旌旗号虎贲。

2023年11月11日

七绝·刘巍会长见赠梓轩牡丹雕花瓷碟

秀色宜其曰可餐,

镶红著绿玉瓷盘。

人间盛宴唯期久,

天眷长钟是牡丹。

2023 年 11 月 13 日

七绝·贺上海师大附属梅溪小学一百四十五周年庆

不言桃李自成蹊,

百五年前一额题。

树木树人源活水,

高标风旨寓梅溪。

2023 年 11 月 15 日

七绝·旧金山旧影

三十八年弹指间,
巡天驾海一人还。
太平洋阔凭飞跃,
进境看山仍是山。

2023 年 11 月 16 日

七绝·列席上海古典文学学会戏作呈谭帆先生为松贤棣并贺引驰兄当选会长

松弟立言无不奇,
谭公坐论每相宜。
欣来一座多师友,
风至三冬犹洽熙。

2023年11月17日

七绝·沈尹默诞辰140周年艺术大展即将开幕致贺海派艺术馆张建华先生

事功翰墨各开新,

道德文章集一身。

南沈北于何足誉,

元章以下独斯人。

2023年11月18日

七绝·癸卯小雪

黄历谁将真个看，
随心任性是天官。
也无风雪也无雨，
十月阳春冬不寒。

2023 年 11 月 22 日

附：癸卯小雪敬和林师原韵

霍中彦

（轻舟禅毕，法喜充满，再入红尘，心中空落。今日小雪，得林师七绝，借韵抒怀）

大笑出门回首看，
花间黎庶叶间官。
茶需重焙雪难雨，
道友星离野渡寒。

七绝·汪家芳先生丁香雅室观画口占

入味清欢笔底敷，
丛林浓淡有还无。
烟茶逸气时熏染，
秋壑山房禅意图。

2023年11月23日

七律·汪家芳先生书壁命题遵作

方丈四围屏室清,

有墙不局益空明。

思中收放潜龙化,

胸次开张集凤鸣。

面壁千回宜破壁,

点睛一瞬必凝睛。

进诗岂合浯溪笔,

搦翰自将风气生。

2023 年 11 月 24 日

七律·原韵奉和王乙珈诗致敬古籍所诸贤

苦心孤诣对冥冥,
职事缣缃此壮龄。
二酉堪藏千百祀,
一生足用十三经。
合天岂必离坚白,
为己何须贵紫青。
信有高明承后嗣,
书香自带德风馨。

2023 年 11 月 25 日

附：上海师大古籍所四十周年感怀
王乙珈

秋星耿耿聚苍冥，

桃李宫墙四秩龄。

楼有芝兰节同竹，

书存诗礼世传经。

江南笔砚芸香淡，

海内文章汗简青。

二雅流风依约在，

一灯长愿荐芳馨。

七律·步韵门弟子李悦七律诗

幸教英才羡少年,

诸生意气踵先贤。

无邪风雅从毛传,

有识鱼虫续郑笺。

志学颇明鸿渐序,

期成必预鹿鸣筵。

下知上达开襟抱,

境界都来眼面前。

2023年11月25日

附：上师大古籍所成立四十周年纪念会有感

李悦

春来秋去四旬年，

胜日尤为忆往贤。

石室毓英书万古，

弘文励教作长笺。

乐随同学齐修业，

幸有良师起讲筵。

抱守初心诚不惑，

热门岂在热情前。

七绝·拜谒七十五年前上海地下党老同志陈一心世伯

信有赤心呈昊苍,
白头昔日少年郎。
全真将陟百龄寿,
延庆相看四世堂。

2023年11月26日

七绝·象儿去年今日咏桃花源诗,原韵和之

仰首临风襟抱远,
观星将旦斗参横。
难眠只为书香事,
不老诗情寄后生。

2023 年 11 月 27 日

附：七绝·桃花源咏仙

林钰象

花树缤纷千嶂远，

雨烟缭绕一舟横。

山人不语云间事，

十里桃红自在生。

2022 年 11 月 27 日

七绝·学成兄履新云南百日赴滇一见

君行三月念驰多,
约饮滇池须一酡。
百日政通观气色,
五千里外感人和。

2023年11月28日

七律·西南联大八十五周年纪念诗一首赠云南师大

史家岳麓滇池迹,

三校精神一脉悠。

南渡衣冠犹古事,

西迁人物作新猷。

士风衰世尤应励,

国运明时恰可筹。

八十五年如转瞬,

须同诸子共千秋。

2023 年 11 月 29 日

七绝·读孙甘露老师长篇小说《千里江山图》

云霞满纸此江山，
圣手丹青非等闲。
人物其间多故事，
一行千里几重关。

2023年12月1日

七绝·读李晓东兄著《〈红楼梦〉的智慧》

灰线草蛇千里收，
贻书欲我与君游。
忙成行走活公案，
得着一言参话头。

2023年12月4日

七绝·癸卯大雪

五行水临寒凝局，

六出花飞风驻天。

亥子交时冬岁杪，

或晴或雪各随缘。

2023 年 12 月 7 日

附：申城暖冬和在勇先生

朱晓东

申城无雪已三年，

癸卯又云长暖天。

四季衣衫减冬季，

寒梅只在冷金笺。

附：大雪节气步在勇兄韵

黄小雄

气运行来今大雪，

朔风落叶起尘天。

渐观三候子之半，

阴极阳生又一年。

七绝·遇某局长

恂恂乡党且燕纾,
下大夫言色勃如。
欲愧闻知半明白,
自安老朽一糊涂。

2023年12月13日

七绝·老来得句

人有精神地有天，
衰年生气自尧年。
情来舍得五花马，
兴至留诸百韵笺。

2023 年 12 月 13 日

七绝·读陈尚君先生著《我认识的唐朝诗人》

天风落地好音声，
要得其情与共鸣。
知者惺惺真切切，
诗人个个活生生。

2023年12月16日

七绝·读曹旭先生《有温度的生活（初中版）》"诸葛亮是除不尽的"篇

升之长者即之温，
竟为儿童讲作文。
皮匠今多千百万，
孔明一个不能分。

2023 年 12 月 17 日

七律·步韵胡中行先生新无题五首之一

夫子诒风昨遗书，
妙言入道探骊珠。
有神须敬其如在，
次韵且吟聊胜无。
活泼思维诧前识，
高明境界叹魁儒。
钝根一偈三生念，
欲学老师霄壤殊。

2023 年 12 月 20 日

附：新无题五首之一
胡中行

觉悟人生岂在书？

獦獠舂米吐玑珠。

爱因斯坦迷空色，

周利盘陀解有无。

名画多归宋元匠，

好诗不出汉唐儒。

纠缠量子精深义，

梦醒方惊世界殊。

七绝·癸卯冬至

日短穹虚气静嘉,
泱茫旷漭地天涯。
一年到此无香色,
花信风将雪作花。

2023年12月22日

附：癸卯冬至于京都和沪上林在勇兄句

靳飞

鹭尚成行弄水花，

寒江鹰影动胡笳。

年来万里萍踪事，

卧看今朝早晚霞。

附：依韵和林在勇诗兄七绝癸卯冬至

曹辛华

风冷却藏春梦嘉，

梦中芳草炫山崖。

当时采得斜阳暮，

忘采归途解语花。

附：原韵和林在勇师冬至

皮晟

一元复始日风嘉，

节气循环岁月涯。

暑往寒来今失色，

时惟看取玉冰花。

七绝·冬至夜饮

寒来且对年深酒，
冬至相邀节后茶。
今夜交杯皆莫逆，
浑忘风俗早归家。

2023 年 12 月 22 日

七绝·原韵奉和靳飞先生癸卯冬至日本京都诗

对海生烟蝉翼纱，

与公有约火前茶。

重逢时节江南好，

热望早催风信花。

2023 年 12 月 23 日

［注］火前茶指寒食节禁火前采制的新茶。唐韩偓有诗："数盏绿醅桑落酒，一瓯香沫火前茶。"

附：癸卯冬至京都奉答胡占凡先生，仍用林在勇兄韵

靳飞

日长日短照窗纱，

人去人来一盏茶。

画饼犹存心上热，

三冬两忍又春花。

七绝·冬令步韵胡中行先生酷寒诗

怕个居安冷不防,

寻常身子出非常。

好中偏做过头事,

大补阴虚转亢阳。

2023 年 12 月 23 日

附：酷寒之三
胡中行

连日冰封猝不防，
是非祸福最无常。
早知会有极寒日，
何必弯弓射九阳？

七绝·读韩可胜兄著《诗画光阴:中国人的节气和节日》

天道长情寄四时,
民生物候各书之。
感君厚古斯文在,
不薄今人引我诗。

2023 年 12 月 24 日

五律·步韵李易兄嘉陵书院

山门向何处，

曾未谒精庐。

徒羡声名雅，

窃思人地疏。

倩君金口荐，

携我白云居。

一约临江宴，

二来观异书。

2023 年 12 月 24 日

附：嘉陵书院

李易

嘉陵山外碧，

送我到诗庐。

巴郡竹枝缈，

江城故梦疏。

朝天汇国脉，

寻迹入林居。

皎皎青光镜，

泠泠照读书。

七绝·愿退休后写小说

苦吟地步不从容,

戏说莫如冯梦龙。

吾老于斯耽玩耍,

诗多在个放轻松。

2023 年 12 月 25 日

七律·读赵丽宏先生散文集《草堂和杜甫》

一写风神十一篇，

赵公客蜀挈书还。

散文别有清吟韵，

独见多因默会天。

追草堂边惟念念，

浣花溪上所缘缘。

诗人毕竟诗心共，

苏薛陆王相与诠。

2023年12月25日

附：步韵打油，文字游戏，聊供一笑耳

赵丽宏

寻诗追古谋新篇，

流连蓉城忘归还。

草堂清风遗雅韵，

琴台拂云奏新天。

松荫竹影驱俗念，

桂湖江村续词缘。

谁言古今心隔远，

平仄彩墨展博诠。

七律·上海师大文明互鉴研究中心成立暨《世界五千年》出版签约研讨会

诸公会讲岂谈玄，

再世鹅湖幸与焉。

但觉偏言书不足，

谁云大道说难全。

新知渐到分头绪，

变局将来整倒颠。

互鉴东西三万里，

通观上下五千年。

2023年12月25日

七律·纪念毛主席诞辰一百三十周年

无乃钟灵异禀哉，
继周百世有斯才。
发心黎庶改新命，
出手乾坤扫积埃。
天下三家局初定，
诗中一派格高开。
神乎其事难思议，
兴复大功人做来。

2023年12月26日

附：次韵林兄纪念毛主席诞辰一百三十周年

李易

洪荒喝断有人哉？

鲸涌湘江济世才。

大道青天尽寥落，

沧溟红日万涓埃。

一词巨阙倾城破，

百丈悬崖独自开。

同酹神州今仰望，

裂云踏月是谁来！

七绝·诸友打牌见我束手命题作掼蛋一首

博弈贤乎子曰真，
可观小道以亲仁。
拂云贯日一挥手，
局面即开行运新。

2023 年 12 月 27 日

七绝·方志学者王孝俭前辈约坐七宝老镇

长者饮谈思古情,
临窗街市闹忙声。
鹭鸶已惯河灯夜,
伫看溪桥又月明。

2023 年 12 月 29 日

七律·癸卯十一月廿日西历元旦

暮冬盘点孰应留，

一岁浮光掠影收。

寻帽思遮初谢顶，

检诗欲跋再开头。

老来学问多凭忆，

新造名词少缵修。

正月建寅尊汉制，

难从西历过春秋。

2024年1月1日

七律·今见柳叶未尽松鼠在树依韵奉和水教前辈新年感吟而不及褚公之欣然向春也

地冻天寒黯寂情，

大音未作亦希声。

高枝影动真松鼠，

老叶风摇岂柳莺。

来复一阳虽合度，

循行数九尚多程。

唯期岁运平平过，

不欲冬春察察明。

2024年1月2日

附：新年感吟
褚水敖

换岁身心涌激情，
盼春翘首夺先声。
繁花着露皆怀蕊，
嘉树临风偶唤莺。
亟望江山盈正气，
岂容荆棘阻新程。
高天倘若偏呈暗，
守得云开日永明！

七绝·闻哈尔滨举城善待南方嬉雪客戏作打油一首

摔跤滑雪吃冰糕,
土豆诨名很傲娇。
大老爷们东北虎,
嗓音一夹小猫喵。

2024年1月3日

七绝·原韵奉答刘公涟清前辈贺诗

知命顺天应想开,

弄孙不急且纡回。

家池我自归龙种,

学海今须结蚌胎。

2024 年 1 月 4 日

附：贺在勇先生公子大婚

刘涟清

林门喜气溢然开，

俊少追牵俏女回。

翁媪着心置襁褓，

生孙来岁属龙胎。

七律·拜读刘庆霖先生诗话诗作

乡先辈里遇先生，

小子虽迟与有荣。

载道折中多识断，

行吟击节每钦倾。

焚余舍利玲珑色，

唱出迦陵婉转声。

一世诗人能几个，

百千年后颂公名。

2024年1月5日

七绝·癸卯小寒

阴阳变化似无常,
世事浮光疑月霜。
畏热嫌寒三百六,
老天谁做也难当。

2024 年 1 月 6 日

七绝·观沪语版电视剧《繁花》

繁花落尽言春恨,

旧燕飞回说客愁。

赚取旁观许多泪,

过来人忆未相侔。

2023年1月8日

七绝·三九赴京

摹画冬情宕笔开,
一飞千里近云台。
慧心有在知留白,
兆瑞天将雪寄来。

2024 年 1 月 9 日

七律·谢赠《汪家芳画徐霞客游记》

胜水桥头谁又出,

松风呼伴欲君来。

同升云窟为霞客,

可接龙湫作瓮醅。

三峡西行杖鸡足,

九嶷东向谒天台。

丹青万里多敷染,

总把诗情入画才。

2024 年 1 月 10 日

七绝·深圳大芬画村

画廊云集列仙班,

人物一村多好颜。

灵感应来深静水,

匠心颇在太阳山。

2024年1月11日

七律·癸卯腊月初一

昔日小林成老林，
后年花甲又思今。
迎春撰对朱笺纸，
延寿开方赤子心。
有暇无妨行好事，
无聊有碍作清吟。
余生还写章回体，
代笔人间况味深。

2024年1月11日

七绝·癸卯岁末终得诗五百之数逾壬寅之四百矣

有脚阳春长作宰,
无波古井偶成诗。
早梅新算番风信,
今岁多开一百枝。

2024年1月14日

七绝·癸卯大寒

欢喜多忙腊月中,
祭牙送灶贴年红。
日寒一日才三九,
且耐几场西北风。

2024年1月20日

后记

2022年随手所写416首旧体诗合编为《壬寅存诗四百首》已由作家出版社出版，2023年1月22日癸卯年正月初二，中国作协原副主席何建明前辈大过年中用一下午写了长篇序文，本来挺感动，看到文末不得了，青春精神依然饱满的何先生不知是勉励我，还是逗我玩儿，他写道："期待林在勇先生能在新一年里再来一部《癸卯新作五百首》。我们期待。"他一句话用了两个句号，这就是定论了。我没得话说。

要知道，2022年，上半年和下半年，都还各有一段相对安静闭门独处的时光，显然，2023年将不再有。但既然我尊敬的老大哥说话了，那就得写。从2023年1月下旬过年开始,到3月下旬春分都60天了,也才写了40首(《新年风兴辑四十首》),按这个进度比例,肯定完不成全年的任务。恰好就有了11天北京封闭学习的机缘。我每天六点起床,零点以后睡觉。早饭不吃,午饭不吃,晚饭去食堂只花20分钟。每天按规定有6个小时听报告、讨论的学习时间,此外有大把的时间可用于即兴创作和锻炼减肥。于是早上写三五首,中午写三五首,晚上6个多小时再写十来首。按照一天20首的速度,10天刚好写了200首(《十日得心辑二百首》)。3月27日最后一首是这样的:

七绝·临睡前一首呈何建明先生
认真长者戏言前,
癸卯须吟五百篇。
已是三春将过半,
今无得句不成眠。

不知何建明先生看了作何感想。其实，3月下旬的北京天气十分美好，晨曦有晨曦的美，朗月有朗月的美；校园环境也十分美好，百花看似争艳，百鸟听着争喧；规律的学习生活也十分美好，可以思接千载，可以气吞万里。想想也真是一次难得的学习经历，留下这些诗作也是一次难得的创作体验。有五绝一首记之："饥眠两可忘，禅定眼开光。书好春宵短，天真世味长。"

就这样，才4月出头，就不无得意地写了这么一首：

七绝·今春得诗望三百首矣
诗人灵感获于天，
今岁心情胜去年。
才过清明春未老，
数来二百好多篇。

因此就刻意放慢了写诗的节奏。感时体物，见事得情，行思读悟，梦觉神往，尽管无日无之，却也未必一一以诗出之。暮春记偶感，热中且知凉，到三秋最好，更养冬涵性，断续写完何先生所定之小目标即收笔。

自少及长，文言的思维已融入我的习惯，格律诗体成为我惯熟的表达方式。所以我反而给自己定下未来目标是多用现代语言记录所思所想，除了继续保持一定数量的诗词曲赋创作以外，多搞一些最近十来年开始的戏剧歌词文学创作，以提升自己的白话水平，我当年的许多位师友在这方面已经有很高的成就，像孙甘露老师、格非老师、李洱同学都得了茅盾文学奖了，我肯定从来就没有过这样的奢望，但是我自己也要活到老学到老，在中华美妙的文学语言中，丰富自己的精神、心灵和生命。我写每本书的后记都比较随意随兴，聊聊以往过程，聊聊未来想法，也是打算先堵住何先生的嘴，万一他要求我今年写600首旧诗呢。

必须得感谢胡中行前辈的厚爱，他的序把我夸得跟一朵花似的，让我非常不恰当地想起了一句古文"吾妻之美我者，私我也"，然后我想到再见到胡先生时，我们一定击掌大笑。必须得感谢李定广教授，他说我是个真诗人，这句话挺受用。我们虽为同事，但时间太短，除了握过一次手，都没有其他交往，让我心生今年要好好亲近他的愿望。还有按照我这个小师门的传统，学生要趁老师还健在的时候就大胆地为老师作个序，算个佳话，结果我带研究生28年中名下第二个也是唯二的男学生孙立川小朋友一个晚上就给我写了一篇拍马文言，我发现他用典行文都十分老到，这些是他少年向学的积累，不是我教的，可见也是个可造之材，希望他将来为中华文化的延续和发扬光大多做贡献。

感谢唐诗研究大学者查清华先生数年来给

予我鼓励。感谢所有的人和事，时与天，给予这 500 首小诗得以面世存世的机缘。

林在勇
甲辰春日于上海师大桂林路校园
2024 年 3 月 17 日

图书在版编目（CIP）数据

癸卯杂诗五百首 / 林在勇著. -- 上海 : 上海文艺出版社, 2024(2025.2重印). -- ISBN 978-7-5321-9096-6

Ⅰ.I227

中国国家版本馆CIP数据核字第2024JF9747号

发 行 人：毕　胜
责任编辑：庞　莹
装帧设计：肖晋兴
封面治印：张屏山

书　　名：癸卯杂诗五百首
作　　者：林在勇
出　　版：上海世纪出版集团　上海文艺出版社
地　　址：上海市闵行区号景路159弄A座2楼 201101
发　　行：上海文艺出版社发行中心
　　　　　上海市闵行区号景路159弄A座2楼206室 201101 www.ewen.co
印　　刷：上海盛通时代印刷有限公司
开　　本：787×1092 1/32
印　　张：18.5
插　　页：4
字　　数：189,000
印　　次：2024年12月第1版 2025年2月第2次印刷
Ｉ Ｓ Ｂ Ｎ：978-7-5321-9096-6/I.7156
定　　价：128.00元
告　读　者：如发现本书有质量问题请与印刷厂质量科联系　T: 021-37910000